浮気していた彼女を振った後、学園一の美少女にお持ち帰りされました2

マキダノリヤ

角川スニーカー文庫

23793

口絵・本文イラスト／桜ひより
口絵・本文デザイン／伸童舎

プロローグ　覚めた夏の日

梅雨《つゆ》が鬱陶しい六月下旬のことだ。

早朝に目が覚めた僕は、とある人物の家で朝食を作っていた。

「調味料が何でも揃《そろ》ってるな……」

他人の家のキッチンを使うのは初めてで、使い勝手が違って新鮮さがある。

冷蔵庫の中身もうちとは全く違うし、揃っている調理器具の数も多い。

選択肢が多ければ、いろんな料理を作ることができるな。

「……とはいえ、結局作る料理は慣れた献立なんだけど」

目玉焼きに味噌汁《みそしる》とサラダ。

もっと凝ったものを作ればよかったかもしれない。

料理を皿に盛り付けていると、廊下に続くドアが静かに開いた。

「――ふふっ、美味《おい》しいそうな匂いがするわね」

ご機嫌な鼻歌と共に現れたのは、シャワーを浴びていた家主で彼女の双葉怜奈《ふたばれいな》。

水滴がしたたる艶やかな黒髪。頬《ほお》は風呂上がりで少しほてっている。

新雪のような色白の体にバスタオルを巻き、胸元には綺麗《きれい》な谷間を作っていた。

「味は保証できないけどな」

「あら、随分と自信がないのね」

怜奈はくすりと笑い、すらりと伸びた生足をひたひたと鳴らし歩み寄ってきた。

「私の代わりに朝食を作ってくれてありがとう。昨日も、家具の配置換えを手伝ってもらったのに……」

「それぐらい、どうってことないさ」

昨日、僕は部活帰りに怜奈の家に寄って、家具の配置換えを手伝っていた。

作業をしていると、なんだかんだで深夜になり、そのまま泊まって今に至る。

「まあ……まさか、ベッドを一度分解して組み直すことになるとは思わなかったけど」

怜奈の部屋は家具が少ない。

だから、作業はすぐに終わると思っていたけど、問題はベッドの移動だった。

部屋の壁際にあったベッドを、窓際まで動かしたいという怜奈からの要望。

二人がかりで持ち上げようにも存外重くて、結局分解して動かすという荒技を決行した。

「仕方ないじゃない。隣の部屋からクレームがあったんだもの」

「クレームって……どういう？」

「夜中に騒がしい、ですって」

「へえ……怜奈も夜中に騒いだりするんだな」

僕以外の前では基本的に大人しい怜奈が意外だな。

いや……それこそ僕にしか見せない怜奈の素顔を知れば、別に不思議じゃないな。

以前まで学校では、お淑《しと》やかな、ともすれば深窓の令嬢的な扱いだった怜奈。

学園一の美少女で気安く近づけない存在だったから、余計に神格化されていた。

しかし僕と付き合い始めてから、どうやら猫を被《かぶ》っていたらしいことが判明。

現在では周囲にも、その本性が少しずつバレ始めている。

「大声で叫んだりしてるのか？」

「そんなわけないじゃない」

怜奈は心外そうに唇を尖《とが》らせた。

「じゃあ、夜中に何をしてるんだ？」

「それが……私には心当たりが全くないのよね」

「いやいや、さすがに心当たりぐらいはあるだろ？」

「心当たり……」

　怜奈は首を傾《かし》げ、眉根を寄せると、

「……そういえば、苦情が来るのは新世《しんせ》が家に泊まった翌日ばかりなのよね」

　何かに気がついたように、怜奈は口元に笑みを浮かべた。

「僕が泊まった翌日に？」

「察しが悪いのね……つまり、こういうことよ」

　怜奈は体に巻いたタオルの胸元を、挑発的にくいっと持ち上げた。

　その仕草を見て、僕も怜奈の言わんとすることに気がつく。

「……それって、まさか……」

「もしかすれば、そういうことなのかもしれないわね」

「……まじか」

　僕は言葉を失った。騒音トラブルの原因は自分にもあったらしい。

「昨夜は隣まで聞こえていたのかしら？」

「だったら、少しは声を抑えて静かにしてくれよ怜奈……」

「私に大きな声を出させる、新世がいけないんじゃない？」

　揶揄《からか》うように笑った怜奈は、後ろに回り込んで僕にぴたりとくっついた。

細い両腕を体に回され、背中には柔らかな感触をタオルの生地越しに感じる。

「お、おい……怜奈⁉」

「静かにしないと……ね？」

戸惑う僕に対して、怜奈はそう耳元で囁《ささや》いた。

湿り気を帯びた熱い吐息が頬を掠《かす》め、シャンプーのいい香りがはっきりとする。

「いや、その……」

「しっ。またお隣さんに苦情を言われてしまうわ」

怜奈は人差し指で僕の口を塞いだ。

その手で僕の顔まわりを優しく触れると、首を伝うように指を這《は》わせていく。

ぞわぞわとした感覚が背筋を走る。

シャツの襟から手を突っ込まれ、素肌を撫《な》でられたところで、僕は思わず怜奈の手首を掴《つか》んだ。

「……さ、皿に料理を盛り付けている最中だから、また後でな」

「ふうん……だったら、つまみ食いしようかしら？」

怜奈は舌をぺろっと出す。

「行儀が悪いぞ」

「今が食べ頃だもの」

「ちょっとぐらい待て——んっ⁉」

僕は話の途中で間抜けな声を出した。

突然伸びてきたもう片方の手が僕の顎を摑み、後ろを振り向かされたからだ。

怜奈は熱っぽい瞳をじっと向けてくる。

「少しも待てないわよ。私はもう十分待たされたのだから」

そう言って、怜奈は僕の唇を塞いだ。

一章　新しい日常

僕と怜奈《れいな》はいつもより遅い時間にマンションを出た。

学校までの道中、ずっと怜奈は僕と腕を組み、ベッタリとくっついていた。

怜奈はすんすんと僕の匂いを嗅ぐと、心底嬉《うれ》しそうなため息を吐《つ》いた。

「私と同じ柔軟剤の香りがするのって、なんだか夫婦みたいでいいわね」

怜奈の家に泊まった翌日に学校がある場合、以前は自宅まで制服を着替えに帰っていた。

けれど、毎回そうするのは面倒なので、怜奈に制服を洗濯してもらう事にした。

「制服、洗ってくれてありがとうな」

「いいのよ、別に。私も一緒に登校したかったもの。それに大した手間じゃないわ」

「朝には服が乾いているドラム式の洗濯機は本当に便利だよな」

「ほんとね」

やがて、学校に着くと校舎内に入った。

階段を上がり、二年生の教室が並ぶ廊下を歩いていると、

「よお新世《しんせ》」

ちょうど後ろから遅れてやってきた親友の小鳥遊《たかなし》翔《しょう》に声をかけられた。

「おはよう翔」

「朝からラブラブだな」

僕と怜奈を見比べて、横に並んだ翔は早速茶化《ちゃか》してくる。

「ちょっ……怜奈、そろそろ離れてくれ」

僕は恥ずかしくなって怜奈を引き剝がそうとしたが、

「私と一緒にいるのが恥ずかしいというのかしら？」

底冷えするような声を発した怜奈は、余計に腕を締め付けてきた。

その様子を見て、怜奈に片想《かたおも》いしていた翔は「羨ましい奴《やつ》」とため息を漏らす。

「……そうだ新世、そういえばお前に頼みがあったんだ」

「頼み？」

「前回の中間テストの時にした俺に勉強を教えるって約束、今日から頼むぞ」

「ああ……そういや、そんな約束してたな」

普段はサッカー部の朝練がある僕や翔が、こうして悠長に登校できた理由。

それは悪夢のような期末テストの存在だ。

我が白英《はくえい》高校では今日からテスト期間に入り、どの部活動も二週間休みになる。

といっても、二週間もボールに触れないと支障をきたす。

だから、大抵の部員は勉強の息抜きにひとりでリフティングしたりする。

サッカー馬鹿な翔の場合、気がつけば勉強を疎《おろそ》かにして、テストの結果が……

去年の僕がそうだったので、あまり人のことを言えないけど。

「他にも何人か旭岡《あさひおか》先生の授業を受けたいって奴がいるけど、構わないか？」

翔は冗談交じりに確認をとってくる。

「ああ、僕は別にいいけど……」

僕は別にいい、なんて曖昧な言い方をしたのには訳がある。

すぐ隣で、不満そうに口を歪《ゆが》ませている人物がいたからだ。

「な、なあ……怜奈？　翔たちと勉強会をしても構わないよな？」

「ダメよ。新世は私と二人っきりで勉強をするの」

ムスッとした顔で、怜奈はピシャリと言う。

これは簡単に許可が下りそうにないぞ。

怜奈が勉強会に参加すれば納得するって話でもないだろうし。

そもそも、学年一位の怜奈が勉強会に参加する必要もないか。

それに怜奈からしてみれば、翔たちに勉強を教える義理もないわけで……

「実は、かなり前から翔とは約束していて……」

じわじわと、僕の腕を締め付ける怜奈の力が強くなっていく。

「前までは、翔が僕に勉強を教えてくれていたんだ。だから、今度は僕が教える側に回るのが筋というか……」

そこまで言うと、怜奈の力がすっと抜けた。

怜奈はそっぽを向くと、諦めたように項垂《うなだ》れた。

「……別に構わないわよ」

「え、いいのか？」

「ええ、ちょっと……拗《す》ねてみただけだから」

みただけと言う割には、本気で寂しそうなんだけどな。

「この埋め合わせはいつかするから」

「……だったら、埋め合わせしてくれる日を、とてもとーっても期待して待っているわね」

過剰な見返りを求めてきそうな怜奈はそう言い残し、自分の教室へ入っていった。

一転して相当浮かれているらしく、その足取りは軽やかなものだった。

「……大丈夫そうか？」

翔が苦笑いしながら聞いてくる。

「多分、大丈夫だろ……それより翔」

「ん？」

「いつも一緒に登校している、そらはどうした？」

「ああ……そらは朝早くから図書室で勉強するって、先に家を出たんだ」

「へえ……真面目《まじめ》なそららしいな」

僕が適当に相槌《あいづち》を打ったその時だった。

「──朝から私が気になるなんて、旭岡先輩はそんなに私のことが好きなんですか～？」

噂《うわさ》をすればなんとやら、僕と翔は後ろを振り返った。

そこには、桃色の髪を二つ結びにした少女が立っていた。

どこか幼さの残る端正な顔立ちをした彼女は、翔の妹で後輩の小鳥遊そらだ。

「もちろん、俺はそらのことが好きだぞ」

「お兄ちゃんには聞いてないし～……」

シスコンな翔の返答に、そらは口角を引《ひ》き攣《つ》らせた。

確かに、いくらなんでも兄から妹に向ける言葉としては気持ち悪かったな。

「私は旭岡先輩と話があるから～……お兄ちゃんはどっか行って」

「うっ……俺の妹が最近反抗期で辛《つら》いぜ」

翔の対応がまずいせいで、そらの反抗期を助長させているんだと思うけど。

「じゃあ、また放課後に頼むぞ新世……」

「わ、わかった」

肩を落としたシスコン兄貴は、自分の教室に入っていった。

年頃の妹に軽くあしらわれて、翔も難儀な奴だな。

「……それで、僕に話って？　というか、図書室で勉強してたんじゃないのか？」

僕は改めて、両腕に勉強道具を抱えているそらに向き直った。

「さっき終わりました～！　それで疲れたから、旭岡先輩の顔でも見て元気出そうと思って～」

「それでここに来たのか……残念だけど、僕の顔にそんな効果はないぞ」

「いえいえ、私にはめちゃくちゃ効果ありますよ～！」

そらは元気そうにぴょんと飛び跳ねた。大きな胸がぽよんと弾む。

「お役に立てたようでよかった。ところで、この前に買った英語の参考書の方は役に立っているのか？」

「バッチリですよ～！　……でも、他の教科でわからないところがあって……」

「ちなみに、どの教科がわからないんだ？」

「国語なんですけど～……あ、そうだ！　旭岡先輩が教えてくれませんか～？」

「悪いけど、先約があるんだ」

お前の兄貴が世話の焼ける奴で、という言葉は呑《の》みこんだ。

というより、学年が違う人を教えるとなると、今度は自分の勉強が進まない。

同じ学年なら、教える相手が何人増えても同時進行できるんだけど。

「ちぇっ、つれないなあ～……」

「一年の時は翔の方が僕より成績良かったから、家であいつに教えてもらえよ」

そうすれば、近頃険悪気味な二人の兄妹《きょうだい》仲も良くなるかもしれない。

我ながら機転の利いたナイス提案じゃないか？　翔には感謝してもらいたい。

「お兄ちゃんに教えてもらうぐらいなら、赤点を取った方がマシですよ～」

そらの反応を見る限り、その選択肢はあり得ないみたいだ。

やっぱり、翔が妹離れするしかなさそうだ。

「だったら、自力で頑張るしかないな」

「むう～……そうするしかないかもですね～……」

そらは俯《うつむ》くと「なんだかやる気が起きないですけど〜」と呟《つぶや》いた。

「やる気を出す為《ため》に、自分でご褒美でも用意したらどうだ？」

「ご褒美……ですか？」

「僕の場合は全教科合計で九割以上を取れたら、今一番欲しいものを買うって決めてる。そらだって、何かご褒美を設定すればいい」

「それなら、私が欲しいご褒美は〜……」

そらは下唇を小指で撫《な》でると、

「……旭岡先輩をご所望しますね」

あの時の感触を思い出したかのように、うっとりとした眼差《まなざ》しを向けてきた。

「僕は非売品なんだ。別のものにしろよ」

「非売品でも、お触りすることぐらい許されますよ〜」

「そら、お前なあ……」

もはや本性を隠そうとすらしなくなったそらに手を焼いていると、

「さっきからそこで何してんの？」

綺麗《きれい》に染めた金髪をサイドテールにした少女が教室の中から出てきた。

腰に両手を当て、こちらを探るような視線を向けている彼女は椎名莉愛《しいなりあ》だ。

「別に何もしてませんよ～……旭岡先輩、私はこれで失礼しますね～」

「あ、ああ……」

そう言って、首を竦《すく》めたそらはそそくさと退散していった。

「まったくもう……」

そらの後ろ姿を見ながら、莉愛は腕を組む。

細めた目には、わかりやすく警戒の色を滲《にじ》ませていた。

それにしても、あの一件以来莉愛が僕に絡んできたのははじめてだ。

だから、何を話そうか悩んでいると、

「ねえ新世、今回の期末テストは自信あんの？」

莉愛の方から話題を振ってきた。

「自信も何も……テスト範囲の発表自体は今日だから、現時点では何とも」

「それもそっか。……そういえば、翔たちと勉強会するんだっけ？」

「その予定だけど」

「ふーん……」

素っ気ない反応をした莉愛は、スマホを取り出していじり始めた。

「いいよね、ご褒美。私もテストの点がよかったら、なにか欲しいんだけど」

「どうして僕から貰《もら》えるみたいな前提なんだよ？」

「だってさ……本当はこの前約束してたデートで、新世に買ってもらいたい物があったのに、私はまだ貰えてないし」

莉愛は上目遣いで、恨みがましそうに見てきた。

「そりゃあ双葉《ふたば》さんがいる手前、元カノにプレゼントなんてできないのはわかってるし。でも、私は手切れ金ぐらい貰ってもいいと思うんだけど？」

「わ……わかったわかった。莉愛が一番苦手な数学で七十点以上取れたら、何かひとつ欲しい物を買ってやるから」

「……ほんと？　じゃあ、これ買って」

莉愛はスマホの画面に、赤いリボンのついたテールクリップを表示させた。

値段は安く、ブランド品でもなかった。

「本当にこんな物でいいのか？」

ギャルになってから、ブランド物好きになった莉愛にしては意外なチョイスだ。

「何？　新世は私に、そらちゃんみたいなことを言ってほしいの？」

「そ、そういうわけじゃないんだけど……」

「じゃあ、ちゃんと約束したからね。忘れないでよ」

莉愛はそう言って教室へ戻った。

「……こんな約束をしたことが怜奈にバレたら、間違いなく殺されるだろうな」

そんなことを呟いて、僕も莉愛の後に続いて教室に入った。


放課後の教室で、僕のもとに数人の生徒が集まった。

サッカー部の翔と佐藤《さとう》葵《あおい》、それにマネージャーの本田《ほんだ》と高橋《たかはし》だ。

「ごめんね旭岡くん。私たちまで」

そう言って、本田が申し訳なさそうに頭を下げてきた。

彼女たちは、女子がいないとやる気が出ないと翔が誘ったらしい。

「いつも二人にはお世話になってるから、勉強を教えるぐらい全然」

「ありがとう、旭岡くん！」

高橋がニコッと笑うそのすぐ隣で、何故《なぜ》か葵は暗い顔をしていた。

「……というか、葵は彼女と二人で勉強するんじゃなかったのか？」

あの日の合コンでは、鈴木《すずき》という女子が葵のことを狙っていた。

そして、後から二人は無事に付き合うことになったはずだ。

だから勉強会には不参加と聞いていたのに、葵は昼休みに突然頼み込んできた。

「……これは本当は言いたくなかったけど、なんか昨日いきなり振られたんだよ。マジで最悪だよ……」

死にそうな声で葵は愚痴を零《こぼ》す。

しかし、葵が付き合い始めたばかりの彼女に振られるのはいつもの事だ。

なんでも女子の評判では、イケメンの葵は外見だけで中身が残念、だそうだ。

「なんか俺ばっかり不幸だな。旭岡はいい感じだし……あれ、小鳥遊の方はどうだったんだ？」

「どうって？」

「いや、ほら……田中《たなか》とだよ」

「田中ちゃんとは、たまにラインのやり取りをするぐらいかな」

田中は翔と付き合おうと頑張ってたのに、多分こっちも脈なしみたいだな。

あの合コンで成立したカップルは、急遽《きゅうきょ》参加の自分達だけだったらしい。

「雑談はこの辺にして、そろそろ勉強を始めようか」

僕の一声で、四人は渋々といった表情で勉強道具を鞄《かばん》から取り出した。

勉強会に参加すると自分の意思で決めても、やはり気乗りしないらしい。

まだ受験生じゃない四人にモチベーションを発揮させるのも一苦労だな。

「みんな、まずは各々得意な教科から始めようか」

いきなり苦手な教科から始めると、やる気がなくなる可能性がある。

僕の指示通りに、彼らは得意な教科の参考書を開いて、問題を解き始めた。

さすがに得意だと自覚しているだけあって、すらすら解いている。

その様子を黙って眺めていると、

「私たちも勉強会に参加していい？」

莉愛が普段仲良くしている女子二人を連れて、僕にそう声をかけてきた。

「え、莉愛も参加したいのか？」

「うん、テストでいい点取りたいし」

莉愛はテストの点なんてどうでもいいってタイプだ。

なのに、おそらく今朝した約束のおかげで珍しくやる気を出している。

「しかし、参加したいのは莉愛を含めて三人か……」

「……やっぱり新世は、私が参加するのは嫌？」

「そ、そういうわけじゃないけど……」

「……もしかして、私が新世と一緒にいることを、双葉さんが許してくれない？」

莉愛は気まずそうに頬《ほお》を掻《か》いた。

「いや、怜奈は僕が莉愛とまた友人関係に戻る分には気にしないから構わないって」

「そうなの？」

「ただ……新しく三人も参加するとなると、僕ひとりで計七人の面倒を見られるかっていう不安が……」

僕は既に試験勉強に取り掛かっている四人を見た。

マネージャー二人と翔は比較的勉強ができる方だ。

しかし、葵が全教科赤点の可能性があるぐらい成績が悪い。

それに加えて……僕は莉愛に向き直った。

「……何？　私の顔をまじまじと見て。照れるじゃん」

これは本人に面と向かって言えないことだけど、莉愛はそんな葵より成績が悪い。

数学で七十点なんて、ぶっちゃけ無理難題な話かもしれない。

中学の頃の成績は悪くなかったけど、莉愛は高校の勉強に全くついていけていない。

そんな自分に嫌気がさしたのか、莉愛はよく外で遊ぶようになったしな……

おまけに莉愛の隣にいる友達の二人もあまり成績が良くなかったはずだ。

ともかく、自分ひとりでは七人を相手にするのは手に負えない。

「まさか、私には勉強を教えたくないとか……？」

僕が考え込んでいると、莉愛は不安そうに揺れる瞳を向けてきた。

「……よし、じゃあこうしよう。七人とも今日のところは家に帰って、各自でわからないところ、苦手な教科を絞ってきてくれ。明日から僕がその不得意な部分を重点的に教えるから」

「ってことは……私にも勉強を教えてくれるの？」

「もちろんだ」

僕が頷《うなず》くと、莉愛はほっとしたように頰を緩めた。

莉愛は僕に拒絶されていると勘違いしていたみたいだけど、そんなわけない。

僕はただ、請け負う限りは全員に満足のいく結果を出してもらいたいだけだ。

せっかく、こうして僕を頼ってくれたんだからな。

「その代わり、三人ともちゃんと真面目《まじめ》に授業を聞くんだぞ」

「なんだか旭岡くん、先生みたいだね」

莉愛の友達が感心したように呟いた。

「つい最近まで俺より成績が悪かった癖に、なんか生意気だな旭岡」

「葵は僕と五十歩百歩な成績だっただろ……」

というわけで、今日の勉強会は早めにお開きになった。

「みんな早く家に帰って、すぐに作業に取り掛かるんだぞ。今回のテスト範囲は全体的に広いからな」

「はーい、旭岡せんせー！」

勉強会に参加していたメンバーがぞろぞろと帰っていく。

それぞれどれぐらいの点数を取りたいかの目標が違う。

最低限、目標点数が取れるように手伝うことは前提で僕も頑張らないとな。

僕が廊下に立っていると、遅れて教室から出てきた莉愛が隣に立った。

「……勉強会に参加させてくれて、ありがとう新世」

「お礼を言われるのは、テストが終わってからだな」

「……確かにね」

莉愛は『また明日』と小さく手を振って、友達と一緒に帰っていった。

僕も帰ろうとしたところで、あることを思い出した。

「そういえば、怜奈は放課後図書室に寄ってから先に帰ると言ってたような」

こっちが予定より早く終わったから、まだ怜奈は学校に残っているかもしれない。

だったら、二人で一緒に帰りたい。

一応、莉愛が勉強会に参加することになったと怜奈には伝えておこう。

スマホを取り出して、怜奈に電話をかける。

図書室にいるならマナーモードにしているかと思ったけど、すぐに繋《つな》がった。

「あ、もしもし怜奈？　まだ学校にいるか？」

『ええ、いるわよ。いつも新世のすぐ側《そば》にいるわ』

「そういうメンタル的なことを言ってるんじゃなくてだな……」

『……ところで、女子が増えて、賑《にぎ》やかになって随分と楽しそうだったわね？　勉強会ではなくて、合コンだったのかしら？』

そう言った怜奈の声色はとても冷たいもので、僕は思わず背筋が伸びた。

『メンバーの中には……椎名さんもいたわよね？』

「……え、なんでそのことを知ってるんだ……？」

怜奈には昼休みに今回の勉強会に参加するメンバーを伝えていた。

僕を含めた男子三人と、マネージャーの女子二人。

そこに莉愛たち三人組が追加で参加することは、怜奈が知っているはずないのに……

『事前に聞いてたメンバーの中に含まれていない彼女が勉強会に参加していたのは、一体どういうことなのかしら？』

「い、いや、莉愛は飛び入り参加で怜奈にもそのことを今電話で伝えようと……というか、本当にどうして知ってるんだ？」

『……言ったじゃない？　新世のすぐ――』

その時、僕が手に持っていたスマホがするりと抜き取られた。

何事かと後ろを振り向くと、

「側にいるわ」

悪戯《いたずら》っぽく微笑《ほほえ》む怜奈が、僕から奪ったスマホ片手に立っていた。

「すぐ側というか……真後ろにいたのか、怜奈」

「ねえ新世、今日はもうお開きになったの？」

「ああ、いろいろとあってな……怜奈はどうしてここに？」

「新世の顔を一目見てから帰ろうと思ったのよ。……まさか、椎名さんもいるとは思わなかったけれど」

怜奈は腕を組むと、拗《す》ねたように顔を背けた。

「そ、そのことだけど、実は……」

順を追って説明しようとすると、怜奈は手を差し出して僕の言葉を遮った。

「大体のことは察したわ。彼女、あまり成績が良くないのよね」

……入学以来学年トップの怜奈からすれば、誰の成績でもそう見えるだろうな。

怜奈からすれば、学年二位の僕の成績表だって見るに堪えないものかもしれない。

莉愛や葵の成績表なんて見た日には……ショックで気絶するかもしれないな。

「怜奈の推理通り、僕が莉愛の勉強の面倒を見ることになったんだ。もちろん怜奈が嫌だって言うなら、莉愛に勉強を教えるのは断る」

「別に彼女と友人付き合いをするぐらい構わないわ。前にもそう言ったじゃない？」

怜奈はどうでもよさそうに肩を竦《すく》める。

「そもそも今さら二人の関係をとやかく言うつもりはないし、椎名さんが勉強会に参加することへ文句を言うつもりもないのだけれど……油断も隙もないわね」

「……文句、言ってるじゃないか……」

怜奈を彼女の住むマンションまで送り届け、自宅に着いた頃には夜だった。

玄関のドアを開けると、廊下で腕を組んで仁王立ちしている小柄な少女がいた。

「ただ家具の配置換えを手伝うだけで、随分と帰りが遅かったですね兄さん？　もう日付が変わって夜ですよ」

彼女はひとつ下の妹、美織《みおり》だ。

相当機嫌が悪いらしく、額には青筋を立てていた。

「仕方ないだろ。家具の位置が一ミリズレてるとか、いろいろと怜奈が注文をつけてきて、結局終わったのが深夜になったんだから」

「……それ、兄さんがいいように彼女さんに引き止められただけじゃないですか？」

美織は呆《あき》れたようにため息を吐《つ》く。言われてみれば、そうかもしれない。

怜奈のことだから、そういうことに細かいのかと思っていたけど、ただの時間稼ぎだったのかも。

さっきも別れ際に『本当は今日も泊まってほしいのだけれど』って言われたし。

「学生の身分で朝帰りだなんて、どう考えても不健全です。もう金輪際、彼女さんの家に泊まらないでください」

「そんな無茶《むちゃ》な……」

「兄さんが聞き入れないのであれば……」

美織は胸ポケットからスマホを取り出すと、

「今年の夏休み、お母さん達は日本に帰ってこないらしいですけど、兄さんの生活態度を報告すれば、アメリカから飛んで帰ってくるかもしれないですね？」

最終手段に打って出る構えを見せてきた。

そんなことされたら、どうなることかわかったもんじゃない。

特に母さんは美織と似て厳しい人だから、長々と説教されるのは目に見えてる。

そして美織と同じ口調でされる母さんの説教は、どんなものより死ぬほど怖い。

「た、頼むから、この事は父さん達には内緒に……って、美織？　誰にメッセージを打ってるんだ……？」

「……さあ？　誰でしょうね？」

美織は笑みが零《こぼ》れる口元をスマホで隠した。

「絶対に父さんたちにじゃねぇか！」

「もしかすれば、そうかもしれませんね？　……あ、返信がきましたよ」

「そして返信が驚くほどに早いな⁉　時差とかないのかよ⁉」

僕が両親にラインしても返信は後日とかなのに！

兄妹《きょうだい》の間でこの扱いの差はなんだ……？

二人とも、美織にだけ甘すぎないか……？

「……それで、なんて返ってきたんだ？」

諸々《もろもろ》の不満は引っ込めて、恐る恐る美織に聞く。

「夏休みには日本に帰るから、空港まで迎えに来てね。だそうです」

「……マジかよ……」

今年の夏休みは、もしかしたら地獄かもしれない。

二章　元カノ＆今カノで勉強会

次の日の放課後、予定通りに教室で本格的な勉強会が始まった。

「テストが終われば夏休みだーって、みんな騒いでるけどよ。俺たちサッカー部は大会やら合宿やらで、休みなんてほとんどないよな」

翔《しょう》が机の上に参考書を広げながら愚痴を零す。

「僕は夏休みになってほしくないかな……」

「どんだけ練習したくないんだよ、お前」

もちろん、僕が懸念しているのは部活のハードスケジュールについてじゃない。

昨日から両親が帰ってくることを想像するだけで頭痛がする。

かといって、両親にチクった美織《みおり》が悪いわけじゃない。

むしろ、節度を守った関係ができていない僕が悪い。

でも、怜奈《れいな》との関係をとやかく言われることだけは避けたい。

だからせめて、今回のテストで高得点を取って、恋愛にかまけて学業が疎《おろそ》かになっていないことだけは両親に証明しないと。

「それじゃあ、みんな集まったことだし始めようか。テストでいい点が取れるように頑張ろう！」

「お、なんか張り切ってるね旭岡《あさひおか》くん」

「張り切らないといけないのは、俺たちの方なんだけどな……」

こうして始まった勉強会の進行は、いきなり躓《つまず》くことになる。

「新世《しんせ》、ここわかんないんだけど。ねー、ここもわかんなーい」

僕が他の人を教えようとしても、莉愛《りあ》に呼ばれまくったからだ。

七人を平等に教えるはずが、ほとんど僕は莉愛につきっきりの状態だった。

「逆にどこがわかるんだよ⁉」

「どこがわかるかもわかんない。もしかしたら、わかる問題ないかも」

「……ダメだこりゃ……」

中学の頃は自分より賢かったはずなのに、どうしてこうなった……

そういえば、莉愛は元々勉強が好きなタイプじゃなかったんだよな。

前回の中間テストの時も、一緒に勉強しようって誘ったら断られたし。

「どうしたもんかな……」

莉愛と同レベルの葵《あおい》のこともある。他の五人の勉強だって見ないといけない。

それに加えて、自分の勉強も同時進行で進めるとなると……

完全に行き詰まったかのように思えたその時、

「お困りのようね」

怜奈が長い黒髪を優雅に靡《なび》かせながら、頭を抱える僕の前に颯爽《さっそう》と現れた。

「怜奈、今日は図書室に寄らずに家へ帰ったんじゃなかったのか？」

「やっぱり、新世が他の女の子の相手をしているのは妬《や》けるもの」

怜奈は莉愛の方をチラリと見て「女性陣は私が教えるわ」と言い出した。

「えっ、双葉《ふたば》ちゃんが？」

「私だと、何か不満があるのかしら本田《ほんだ》さん？」

「別に不満はないんだけど……なんだか意外だなーって」

「なら、いいわね」

怜奈はそう言うと、近くの空いていた席に腰を下ろした。

その様子を、莉愛を含めた女子全員が驚きを隠せない様子で見ている。

それもそのはず、怜奈は普段僕以外の誰とも関わろうとしないからだ。

本田が意外だと言うのも頷《うなず》けるぐらいには。

おまけに怜奈は高嶺《たかね》の花《はな》すぎて、誰も気軽に話しかけたりしない。

怜奈自身がクラスで孤立気味と自虐するほどだ。

だから、人に勉強を教えることができるのかという不安がある。

そもそも、莉愛とうまくやれるのか心配だ。

「なあ怜奈、僕を助けようとしてくれるのは嬉《うれ》しいけど、無理していないか？」

「無理をしているのは新世の方じゃない。ひとりでこの人数の勉強を見られると思っているのかしら？」

「そ、それを言われると耳が痛いんだけど……」

「いいから私に任せなさい。きっとうまくやるわ」

怜奈があまりにも自信満々なので、僕はとりあえず任せてみることにした。

学力自体は僕なんかより遥《はる》かに上だしな。

それに、さっきから全く勉強が進んだ様子のない葵の相手をしないといけないしな。

「葵、どこがわからないんだ？」

「わからないところがわからない」

「お前もかよ……」

今度は主に葵の勉強を見ながら、翔をたまに教える。

しかし随分と余裕ができたので、自分の勉強もある程度進めることができた。

一方、女性陣の方はというと……

「すっごーい双葉ちゃん！　教えるの上手《じょうず》なんだね！」

「学年トップの双葉さんと旭岡くんって、やっぱりお似合いのカップルかも！」

「ふふっ、そうでしょうそうでしょう」

得意げに胸を張る怜奈が、本田たちに持ち上げられていた。

怜奈に任せて正解だったみたいだな。

「……私の時は、お似合いだなんて言われたことなかったのに……」

「椎名《しいな》さん、私が教えてあげるから問題を解きなさい」

爪を噛《か》んで何やらぶつぶつと言っていた莉愛に、怜奈が話しかけた。

その瞬間、事情を知っている周囲の人間が二人に注目する。

僕も思わず手が止まっていた。

「……新世に教えてもらうし。双葉さんに気を遣ってもらわなくても大丈夫だし」

「あなた、私に新世を譲ってくれたんじゃなかったのかしら？」

「そ、それはそうだけど……いいじゃん」

「……たまには新世を、友達として私に貸してくれたって……」

莉愛はそう言って、気まずそうに視線を逸《そ》らした。

「私の目が届く範囲なら、たまにはね。でも、今はダメよ」

「……けち」

「ほら、先生に口答えしないの」

「じゃあ……双葉先生、ここ教えてよ」

途端にしおらしくなった莉愛は、怜奈の説明を真面目《まじめ》な顔で聞き始めた。

どうやら、僕の心配は杞憂《きゆう》だったらしい。

「……男女の問題は、いつまで経《た》っても正解がわからないぜ」

「葵はまず、目の前の問題から解いてくれよ……」

「いいって、何が？」


勉強会は二時間ほどでお開きになった。

テスト前で部活がない分、学校が早く閉まるからだ。

「莉愛はどうだった？　かなり手を焼いただろ」

他の参加メンバーが全員帰ったところで、僕は怜奈にそう尋ねた。

「新世が言うほど酷《ひど》くはなかったわよ」

「え、嘘《うそ》だろ？」

「新世の気を引きたくて、適当にわからないと言っていたんじゃないかしら」

「まさか……」

あれは本当にわからなかっただけだと思うんだけどな……

それとも、怜奈に対抗心を燃やして莉愛なりに頑張った結果か。

どちらにしろ、うまくやってくれている分には何も問題ないな。

「……ともあれ、新世は今から私の家に来なさい」

「何が、ともあれなんだよ？」

「以前に言ったわよね？　私が手取り足取り勉強を教えてあげるって」

そういえば、お持ち帰りされた日の翌朝に言われたような気がする。

「でも、昨日は何も言わなかっただろ」

「彼女たちに教えているうちに、新世にも教えたくなったのよ。さあ、行くわよ」

怜奈は僕と腕を組んでそのまま連れていこうとする。

「ちょっと待て。さすがにまた朝帰りとかになるとマズイ」

「どうして？」

「どうしてって聞き返すってことは、朝帰りさせるつもりだったんだな……」

美織の鋭い指摘は当たっていたのかもしれない。

このまま怜奈についていけば、家に帰れるのは明日の学校が終わった後だったな。

「別にそんなつもりは全然全く一切ないけれど、何がまずいのかしら？」

怜奈は惚《とぼ》けたように首を傾《かし》げる。

「そりゃあ高校生の身で朝帰りは、世間体とか……」

口にしていて、自分でも何を今さらとは思うけど。

周りに関係を認めてもらうには、少なくとも頻度は減らした方がいい。

「……ああ、新世のご両親や妹さんには印象が良くないかもしれないわね」

怜奈は周囲の反応を気にしないタイプだけど、意外と納得したように頷いた。

やはり、怜奈としても僕の家族には、よく思われたいんだろう。

これで少しは節度ある交際ができる、と安心していたら、

「それなら、こうしましょう。今日は私が新世の家に行くわ」

怜奈が急にそんなことを言い出した。

「どうして僕の家に？」

「だって、私がまともな交際相手だということをご家族に理解してもらえれば、今後は何も文句は言われなくなるでしょう？」

「そういう問題かな……？」

「そういう問題よ、きっと」

怜奈は僕の腕をぐいっと引っ張って、進行方向を僕の家へ向けた。

自宅の玄関前に立つと、怜奈が途端にそわそわし始めた。

いつもは冷静なのに、ここまで落ち着きのない怜奈も珍しい。

「新世のご両親は海外にいて、今家にいるのは義理の妹さんだけなのよね」

「ああ、そうだ」

「こういうのは第一印象が肝心よね……いきなり美織ちゃんって呼ぶのは、やっぱり馴《な》れ馴れしいかしら？」

「翔の時は、気安く美織ちゃんだなんて呼ばないでくださいって言ってたな」

以前僕の家を訪ねてきた翔が美織に挨拶をすると、あろうことか美織は睨《にら》み返した。

翔は相当ショックだったようで、しばらくその場に立ち尽くしていた。

「あら、手厳しいのね」

「美織は小学生の時に体が弱くて周りから虐《いじ》められていたんだ。だから初対面の相手には警戒するようになってさ。多分怜奈にも失礼な態度を取るだろうけど、大目に見てやってくれ」

「別に構わないわ、それぐらい。ところで、美織さんは家ではどんな子なの？」

「僕のことを小馬鹿にしたり、いじってくる生意気な奴《やつ》だよ」

「それって……それだけ新世に心を許してる証拠なんじゃないかしら？」

「そうだといいんだけどな……」

美織と仲が悪いかと聞かれると、別にそういうわけでもない。

小鳥遊《たかなし》兄妹《きょうだい》ほどではないが、どこの家庭も年頃の兄妹は似たような感じだろうしな。

「ちなみに、虐めの方は大丈夫だったの？」

「ああ、美織を虐めていた子たちを吊《つる》し上げたら、虐めはなくなったよ」

「新世って、昔は意外とヤンチャしていたのね」

「……そんなの、僕の妹を泣かせる奴が悪いからな」

「ふふっ、カッコいいお兄ちゃんね」

「揶揄《からか》うなよ」

くすくすと笑った怜奈が一度息を整えるのを見て、僕はドアノブに手をかけた。

中に入ると物音に気がついたのか、美織が自室から顔を出した。

「お帰りなさい兄さん……って、誰ですかその人？」

怜奈の顔を見るなり、途端に美織は警戒心を剝《む》き出しにする。

部外者は家に足を踏み入れるなと言わんばかりの顔だ。

出会い頭に不穏な雰囲気が漂ったけど、怜奈は表情を崩さずに一歩前に出た。

「はじめまして、美織さん。私はお兄さんとお付き合いさせていただいている、双葉怜奈よ」

借りてきた猫みたいに、怜奈は余所《よそ》行きの態度で挨拶する。

美織は「あなたが……」と、露骨に不機嫌そうな声を返した。

「その彼女さんが、今日はどういった御用件でうちに来たんですか？」

頰《ほお》をひくつかせながら、美織は作り笑いで応じる。

「彼と一緒に勉強する約束をしていたのよ」

「勉強なんて、ひとりでもできますよね？」

「私が彼に勉強を教えることになっているから……」

「あなたが兄さんに勉強を教える？　笑わせないでください。私の兄さんはこう見えて、前回の中間テストで学年二位だったんですよ？」

何故《なぜ》か美織が鼻を高くして言う。

美織がいつも小馬鹿にしている僕の話なんだけどな……？

自慢げに胸を張る美織の様子を見て、怜奈は和んだように頬を緩ませた。

「な、何を笑っているんですか……？」

「美織さんにとって、新世は自慢のお兄さんなんだなと思ったら、つい……」

怜奈の指摘に、美織は一瞬で顔を真っ赤にした。

「……はっ⁉ か、勘違いしないでください！ 別に私は兄さんを褒めたわけじゃありません！」

「褒めていたと思うのだけれど……」

「兄さんは所詮一位も取れないダメダメな人間です！ 一位も取れない兄さんなんて、私は全然誇らしく思っていません！」

そこまでムキになって否定する必要あるか？

僕もう泣きそうなんだけど。

「じゃあ、一位を取れる人物は誇らしい存在なのね？」

「も、もちろんです。だから兄さんは、一位の人と比べて全然すごくないんですから」

……美織、今日の前で涼しい顔をしている相手が学年一位なんだぞ。

見事に怜奈の誘導に乗せられたな。

「ともかく、あなたに兄さんが勉強を教えてもらう必要性なんてないはずです」

「……ごめんなさい、言い間違えたわ。私が優秀な彼にいろいろと教えてもらうのよ」

てっきり『私が学年一位だから問題ないわよね？』とか言い返すと思ったのに。

美織の奴、見事に言いくるめられたな。

「優秀な兄さん……そ、それなら仕方ありませんね。今日のところは、家に上がることを許可します」

「美織さんも、よければ私たちと一緒に期末テストの勉強をしない？」

唐突な怜奈の誘いに、美織が眉《ひそ》を顰める。

怜奈としては、美織に僕との関係を認めてもらいたいはず。

その為《ため》に美織をうまく懐柔するつもりなんだろう。

「私が通う高校は、テスト期間が始まるまでまだ日が少しあるので遠慮します」

美織も怜奈の思惑を感じ取ったのか、首を横に振った。

「あら、残念ね。一年の内容なら、私も少しは力になれると思ったのだけれど……」

「……あなたの力を借りなくても、私は兄さんに教えてもらうので大丈夫です」

そう言い残して、美織は部屋に戻っていった。

「て、手強《てごわ》いわね……あの子」

目論見《もくろみ》が外れた怜奈は、残念そうにため息を吐《つ》いた。

とはいえ、美織が初対面の人間とここまで会話が続いたのははじめて見た。

翔の時なんて、一往復で会話が終わったからな。

「それにしても、美織さんは新世を私に独占されてヤキモチを焼いているようね」

「どうして、そう思うんだ？」

「私は兄さんに教えてもらうので大丈夫だなんて、椎名さんと同じことを言っていたもの」

「それは単純に、僕以外に教えてくれる友達がいないからだろ」

「意外と嫉妬しているのかもしれないわよ？」

「あんまり変なこと言うなって……それより、部屋に入れよ」

適当なことを口にする怜奈の背中を押して、僕は自室へと案内した。

怜奈は室内をキョロキョロと見回した。

「ここが新世の部屋なのね……」

「別に面白いものはないぞ」

「そのベッドの下に、エッチな本とか隠しているんじゃないのかしら？」

怜奈はベッドの下を探り始めたけど、当然何もない。

「おかしいわね……世の男子高校生は、みんなそうだって聞いていたのに」

また女性誌で仕入れた知識なんだろうか。

というか、世の男子高校生が完全に舐《な》められてるな。

「はあ……つまらないわ」

「むしろ、僕が怜奈以外の女に興味を持っていたら、嫌じゃないのか？」

「他の女に興味を持たないように、私の良さをあなたの体に教え込んだはずよ」

怜奈は僕の手を取ると、自分の胸元に持っていった。

ふくよかな弾力のある膨らみに、僕の指が一本ずつ沈んでいく。

「だったら、そんなもの持ってるわけないだろ」

「そうね、新世が私以外の女に興味を持つわけないものね。……で、どこにあるのかしら？」

怜奈は僕の手を放すと、片眉を上げて首を傾げた。

「昔友達から貰《もら》って未《いま》だに処分に困っているのが、その本棚の奥にある」

「わかったわ。あとで資源ゴミに出しておくわね」

「それはどうも」

ホコリを被《かぶ》っていたエロ本を、怜奈はすぐさまバッグの中に回収する。

怜奈は満足そうに頷《うなず》くと、そのまま流れるように僕のベッドの中に潜った。

「おい、僕に勉強を教えてくれるんじゃなかったのか？」

「いいじゃない、少しぐらい。今は新世の匂いに包まれていたいの」

ごろんと寝転んだ怜奈は、掛け布団で鼻まで隠す。

「慣れないことをしたせいか、ちょっとだけ疲れてしまったのよ」

怜奈は微睡《まどろ》んでいるような、うっとりした目で僕を見つめてくる。

こんな無防備な姿を、僕にしか見せないところが怜奈らしい。

「休んでてもいいけど、その調子だと今回は僕が一位だな」

「あら、宣戦布告？　いい度胸じゃない？」

「高みの見物をしていられるのも今のうちだ」

「ふうん……生意気なことを言うのは、この口かしら？」

怜奈は手を伸ばし、僕の頬をつねってきた。

そのままふにふにと指先でつまんで、頬《ほ》っぺたの感触を楽しみ始める。

「だったら、そうね……私に勝ったら、罰ゲームで新世の言うことを何でもひとつ聞いてあげる」

「何でもひとつ？」

「もちろん、逆に新世が負けたら私の言うことを何でも聞いてもらうけれど」

「うーん……何でも言うことを聞くって言われてもな……」

一見とても魅力的な提案だけど、僕としては気乗りしなかった。

そもそも怜奈は僕の頼みなら、普段から何でも聞いてくれる。

わざわざ頭を下げてまで頼むような、無茶《むちゃ》な要求を僕はしていないからだ。

逆に怜奈が勝った場合には、とんでもない無茶な要求をされる気がする。

いきなりお持ち帰りするぐらい突拍子のない行動をする怜奈のことだからな。

勝敗としては、怜奈が勝つ可能性の方が遥《はる》かに高くて、リスクの方が高い。

「な……なによその素っ気ない反応！　そこは普通、何でもしてくれるのか!?　って食いつくところでしょう!?」

怜奈は飛び起きると、ぷくっと頬を膨らませた顔を近づけてきた。

「その条件で食いつくの、多分僕らの場合は怜奈の方だぞ」

「そ……そうかしら？」

「僕が負けたら、怜奈はとんでもない要求してきそうだし」

「そそそ、そんなわけないじゃない……？」

「目が泳いでるんだけど」

何を要求するつもりだったのかは知らないけど、僕の勘は当たっていたらしい。

「新世が賭けに乗らないとなると困ったわね……あんなことやこんなことをさせようと思っていたのに……」

「ちなみに、僕に何をさせるつもりなんだ？」

「それは……とてもじゃないけれど、口に出して言えないわね」

「マジで僕に何をさせるつもりなんだよ⁉」

怜奈の考える罰ゲームなんて、絶対に手加減してくれるわけがない。

口にできないということは、つまりそういうことなんだろうな。

「気が乗らないのなら、私への罰ゲームを明確に考えてみましょう。そしたら、やる気が出るんじゃないかしら？」

「怜奈への罰ゲームを？　うーん……何も思いつかないな」

「例えば、夏休みに部活もない完全なお休みが一週間あるわよね。その間、新世を私の家に招いて、私がメイドみたいにご奉仕するというのはどうかしら？」

プレゼンに余程の自信があるのか、怜奈は目を輝かせている。

学園一の美少女の双葉怜奈が、一週間もメイドみたいなことをしてくれる。

確かにうちの高校の男子生徒たちにとっては、夢のようなシチュエーションだ。

「でもそれって……怜奈が僕を家に一週間泊めさせたいだけじゃ……？」

「そうだけれど、悪いのかしら？」

怜奈の奴《やつ》、完全に開き直りやがった。

もはや怜奈にとって、罰ゲームでも何でもない。

とはいえ、僕にとってのご褒美にはなっている。

「怜奈の手料理が毎日食べれるのか。それは楽しみだな」

「ふふっ、じゃあ決まりね」


二人でテスト勉強をし始めてから三時間ほど経《た》つと、怜奈が帰り支度を始めた。

勉強会で女性陣が絶賛していた通り、怜奈の教え方は上手《じょうず》だった。

小さな躓《つまず》きも丁寧にわかりやすく解説してくれて、なかなか参考になった。

「敵に塩を送ったな怜奈。今回のテスト、怜奈のおかげで僕の勝ちだ」

「私だって、新世に命令を聞かせる為に今回は本気を出すつもりよ」

「えっ……ずっと学年一位だったのに、今まで本気じゃなかったのか？」

「当然よ。以前はテスト勉強なんてしたことがなかったもの。授業を聞くだけで足りたから」

「嘘《うそ》だろ……」

前回の中間テストでは、一位の怜奈と僕の点差は十数点だった。

だから勝ち目が少しはある打算だったのに、それだと勝機がなくなる。

よくよく考えれば、怜奈が負け戦を仕掛けてくるはずもなかった。

……となると、一気に僕への罰ゲームが現実味を帯びてくる！

「あの……怜奈さん？　約束をなかったことには……？」

「私、約束を破る男は嫌いよ？」

「ですよね」

「ああ、新世に命令を下す瞬間が今から楽しみだわ……ふふふ……」

「な、何か不穏なことを考えてないか……？」

怪しい光を瞳に宿し、不気味に微笑《ほほえ》む怜奈。

怜奈が考えた罰ゲームの内容を聞いてから約束するべきだったな……

どちらにしろ、怜奈はまだ教えてくれないらしいけど。

怜奈の帰り支度ができたので、玄関まで移動すると、美織が廊下に出てきた。

「あら、お見送りしてくれるのかしら？」

怜奈が感心したように呟《つぶや》いても、美織は無言で僕を睨《にら》んでくるだけ。

どうやら、妹君は僕に何か文句があるらしい。

「どうしたんだ美織？」

「……兄さん、こんな夜遅くにどこへお出掛けするつもりですか？」

僕が靴を履いているのを見て、目を細めた美織はそう聞いてきた。

「怜奈を家まで送っていこうと思って」

「そしてそのまま、彼女さんの家にお泊まりするつもりですよね？」

なるほど、美織はまた僕が朝帰りしないか怪しんでいるのか。

つい最近釘《くぎ》を刺されたばかりで朝帰りするほど、僕は図太い性格じゃない。

「いやいや、そんなつもりはないけど……」

「兄さんにそのつもりがなくても、彼女さんが何かと理由をつけて兄さんを引き止めるんじゃないですか？」

美織の怪訝《けげん》な視線が、僕から隣にいた怜奈へと移った。

美織が僕の朝帰りを嫌がっていることは、休憩中に怜奈にそれとなく伝えた。

だから怜奈への罰ゲームが実行になれば、合宿ということで家を空けることにする手筈《てはず》だ。

それとは別に、今後は朝帰りをなるべく控える方面で怜奈とは話しがついた。

つまり、怜奈が僕に朝帰りさせようと目論《もくろ》んでいるはずがない。

「どうなんだ怜奈？」

「えっ……そ、そうね。全然別に、何かと理由をつけて新世を家に引き止めようだなんて、微塵《みじん》も考えていないわ」

とか言いながら、怜奈はしがみつくように僕の腕に抱きついてきた。

「隠すつもりがないな⁉」

「し、失礼ね⁉　考えてないって言ってるじゃない！」

この状況で美織が怜奈の言葉を信じるわけがない。

もちろん僕も信じていない。

「まったく……兄さんに依存しすぎですね、あなたは」

美織は呆《あき》れたようにため息を吐《つ》く。

僕に家事を全部押し付けている美織が言えたセリフじゃないけどな……？

「兄さん、私がタクシーを呼ぶので、今日のところはそれで彼女さんには帰ってもらってください」

「で、でも、それだとお金がかかるわ。私、今手持ちがないのよ」

「安心してください、ここにちょうどタクシーのクーポンがあります」

「なっ……」

「私たち家族は使う予定がないですし、どうぞ」

美織は怜奈に歩み寄ると、ぶっきらぼうにクーポンを渡した。

とっとと帰ってくださいと言わんばかりだ。

そのまま美織はスマホを取り出して、ネットでタクシーを呼んだ。

「そ、それなら、ご厚意に甘えさせていただくわ……ありがとう美織さん」

さっきは美織をうまく扱った怜奈が、今度は反論する余地もなく撤退を選ぶ。

僕なんて怜奈に振り回されっぱなしなのに、美織もなかなかやるな。

とうとう諦めた怜奈は美織に会釈すると、先に家を出た。

「じゃあ美織、僕は怜奈を見送りに行くから」

「隙だらけの兄さんなら、彼女さんにタクシーに連れ込まれて誘拐されそうですね」

「さすがにそんなことされないって……」

僕は苦笑いするしかなかった。

外に出ると、マンションの近くにある電柱の側《そば》に怜奈が立っていた。

落ち込んでいるのか、怜奈は腕を組んで下を向いている。

「どうした怜奈？　随分と暗い顔をしてるけど」

「……私、美織さんと仲良くなれなかったわ」

なるほど、美織の排他的な対応が怜奈には相当効いたらしい。

さすが、ショックで翔の軽口がしばらくの間、減っただけのことはある。

僕は首を掻《か》きながら苦笑した。

「美織と初対面で仲良くなれた人は、僕が知る限りだとひとりしかいないな」

「……それって、どうせ新世のことよね？」

「もちろん。……と言いたいところだけど、僕じゃない」

「あら、そうなの？」

「僕なんて『新しいお兄ちゃんなんて、私は認めません！』って言われたからな」

親の再婚で美織とはじめて出会ったのは僕が小一の春だった。

当時、体の弱かった美織は入院していて、よく見舞いに行ったのを覚えている。

けれど、突然できた妹に幼い僕は戸惑っていたし、向こうも似たような反応だった。

家には新しい母がいて、他人と同居することが苦痛だった僕は、避けるように公園で遊んでいた。

その頃に仲良くなったのが姫宮《ひめみや》だったりする。

「じゃあ、一体誰なの？　まさか、椎名さんじゃないわよね？」

対抗意識を燃やしているのか、怜奈は僕の肩を揺さぶった。

「莉愛も怜奈と似たような対応されてたぞ。美織とすぐに仲良くなったのは、僕の幼なじみだ」

「幼なじみというと……もしかして、去年の夏休みに莉愛さんと揉《も》めた原因になった子？」

「よく覚えてるな」

僕と莉愛は、異性と二人きりで会う時は事前に報告し合うことにしていた。

そんなルールを作ることになったきっかけは、僕が去年の夏休みに幼なじみと二人で会ったことを知った莉愛が、浮気を疑ったからだった。

その時に問題になった幼なじみが、唯一美織と初対面で仲良くなった子だ。

「是非その子に会って、美織さんと仲良くなる方法を教えてもらいたいものね」

「会うのは当分無理だな」

「それはどうして？」

「あいつ、今アメリカにいるから。去年も、幼なじみが久しぶりに帰国したから会ったんだ」

幼なじみとの数年ぶりの再会で、あの時の僕は嬉《うれ》しさで舞い上がっていた。

だから、余計に莉愛から浮気を疑われる原因にもなった。

誤解を解いても、そもそも他の子にデレデレしないでって、莉愛にキレられた。

デレデレしてたつもりはなかったんだけど。

「それは残念。でも……きっと人に好かれる魅力がある、素敵な人なのね」

「かもしれないな。クラスの人気者だったし」

「それに比べて私は……新世の外堀を埋めて私から逃げられなくするつもりだったのに、道のりは厳しそうだわ」

怜奈は自信を失ったように服の皺《しわ》を撫《な》でつけた。

「外堀を埋めなくても、僕は怜奈から逃げないさ」

「……本当に？　愛の重い女は男にすぐ逃げられるって聞いたのだけれど」

むしろ、愛が重い自覚があったのか……驚いた僕は思わず目を見開いた。

てっきり、自分の行動が普通だと怜奈は勘違いしているのかと。

「僕に逃げられるかもしれないと危惧しながら、少しも手加減しないのは怜奈らしいな」

「し、仕方ないじゃない……私は恋愛がはじめてなんだもの」

薄暗い空の下でもわかるほど、怜奈は恥ずかしそうに頬《ほお》を赤らめる。

「恋愛がはじめてで……何が正解かわからないから、素直に好きって口にするのよ」

怜奈は両腕を広げると、そのまま僕を抱き寄せた。

額を合わせて、僕の目を真《ま》っ直《す》ぐに見つめてくる。

「……逃げないって、怜奈が僕を手放さない限りは」

僕が怜奈の体に腕を回すと、さらに二人の距離が縮まった。

「それはあり得ないわね。ただ、新世のご両親に私のことを認めてもらえなかったら、その時ばかりは……」

「その時は必ず僕が説得するよ」

「……ふふっ。今の言葉、忘れないんだから」

そう言って怜奈は照れ隠しするかのように、そっと唇を僕に押し当てた。

三章　少女たちの戦い

テスト期間が始まり、早くも一週間が経《た》った日のことだ。

放課後の勉強会で、僕が何気なく女性陣の様子を見てみると、

「莉愛《りあ》さん、この問題わかる？」

「わかんない。教えて怜奈《れいな》さん」

「いいわよ。解き方は、まず式を分解して……」

知らないうちに、今カノと元カノがお互いに名前で呼び合う仲になっていた。

屋上で僕ら三人が話し合ったあの時からは想像がつかない光景だ。

二人が険悪な雰囲気にならないか心配していたのに、杞憂《きゆう》に終わったな。

「ごめんなさい莉愛さん、私はお手洗いに」

「うん、わかったー」

怜奈が離席したタイミングで、莉愛が解いている問題集を横から覗《のぞ》いてみる。

ところどころ間違えてはいるけど、以前僕が教えた時よりは解けていた。

間違えた問題には怜奈の細かい解説が書かれていて、解答集よりわかりやすい。

「あれ？　これ、どうやって解くんだっけ……」

莉愛が問題と睨めっこし始めた。

「莉愛、僕が教えようか？」

「ううん、いいよ。あとで怜奈さんに教えてもらうから」

「そ、そうか……」

嘘《うそ》だろ？　莉愛に断られるなんて。

最初は僕に教えてもらうって、莉愛は駄々《だだ》をこねてたのに。

実際に怜奈は教えるのが上手《じょうず》だけど、そんなに怜奈の方がいいのか……？

「で、でも元々は僕が引き受けたことだからさ。少しは僕も莉愛に教えないと」

「私は大丈夫だからさ、自分の勉強をすれば？」

「そっちの方は、ちゃんと順調に進んでるから心配いらないよ」

「ふーん……まあ、今回は怜奈さんに勝たないとだもんね？」

莉愛は僕を冷やかすように肘で突《つつ》いてきた。

「まさか、罰ゲームの話を怜奈から聞いたのか？」

「罰ゲーム？　……なんの話？」

「えっ、違うのか？」

「私はただ、前回の中間テストで、新世《しんせ》が二位で悔しがってたなって思い出しただけなんだけど……」

となると、僕は勘違いで余計なことを口走ってしまった。

いくら二人が仲良くなったとはいえ、怜奈が莉愛に惚気《のろけ》話をするはずがない。

そして、キョトンとしていた莉愛が、頬杖《ほおづえ》をついて拗《す》ね始めるのはすぐだった。

「へえ……そっちは随分と楽しそうなことをしてるらしいじゃん？」

「い、一応は罰ゲームなんだけどな」

「ふん！　どっちでも別にいいけど。私だって、数学で七十点以上取ったら、新世からご褒美が貰えるし」

「おい、周りに聞かれないようにしてくれよ」

勉強会に参加している他のメンバーに知られれば、怜奈の耳に届く可能性がある。

幸いにも、みんな勉強に集中していて、誰も聞いていなかった。

「よっし、ますますやる気が出てきた。怜奈さんには負けられないもんね」

そう言って、莉愛はまた問題に取り掛かった。

「どうしてかは知らないけれど、やる気があるようで何よりね」

数分後に戻ってきた怜奈は、何も知らずに感心したように呟《つぶや》いた。


長かった期末テスト期間が終わり、ついにテストが返却された。

僕の結果はというと、主要五科目の合計が四八二点。

「怜奈でもこれ以上の点数は取れないだろうし、さすがに今回は僕の勝ちかな」

放課後、僕がひとりでほくそ笑んでいると、

「おい旭岡《あさひおか》、見てくれよこの点数！　全教科赤点ラインを超えてたんだ！」

「俺も前回より大幅に点数が上がったぜ！　新世のおかげだな！」

葵《あおい》と翔《しょう》が意気揚々と僕のもとへ来た。

勉強会の成果がちゃんと出たようでよかった。

「地獄のテストも終わったし、あとは夏休みに可愛《かわい》い女の子と遊ぶだけだな」

「葵は夏休みもちゃんと勉強しろよ。あと、僕らには部活もあるんだから」

「わかってるって。じゃあ、俺たちはこの後女の子たちと遊ぶ約束があるから、また明日な」

舌の根も乾かないうちに、葵と翔は羽を伸ばしに行った。

多分、二人とも明日には勉強したことを全部忘れてるんだろうな。

「そういえば、約束していた莉愛は何も言ってこないな」

数学のテストが返却されたのは、今日の一限のことだった。

なのに、休み時間になっても莉愛は何も言ってこないまま、放課後になった。

莉愛はまだ教室に残っていたので、自分から声をかけることにした。

ちょうど他の生徒たちはいないので、約束の話を聞かれることもない。

「莉愛、数学はどうだった？」

「……あと三点、足りなかった」

俯《うつむ》いたままの莉愛は机の上に数学の答案用紙を出して、僕に見せた。

確かに僕との約束の点数まであと三点足りていない。

「でも、莉愛にしてはよく頑張ったじゃないか。前回なんて赤点だっただろ」

「……変に慰めないでよ」

莉愛は答案用紙を力強く握りしめた。

「数学がこれなら、他の教科も期待できそうだな」

「やめて」

「先生たちも驚いてるだろうな。莉愛もこの調子で勉強すれば、どんどん成績がよく――」

その時、僕の言葉を遮るように、莉愛が机を叩《たた》いて大きな音を立てた。

「もう！　ほっといてよ！」

ようやく僕と目を合わせた莉愛は、琥珀色《こはくいろ》の瞳に涙を浮かべていた。

「……あれは手切れ金って言ったでしょ？　夏休みの前に未練を残さないように、私は新世と今回限りで縁を切るって決めてたの」

莉愛は涙を零した顔を両手で覆う。

「だから最後に綺麗《きれい》な思い出が欲しくて、あんな約束をした。でも……私は結局、新世から何も貰えない」

沈んだ声を出した莉愛は背中を丸めて、深く項垂《うなだ》れた。

「ご褒美のプレゼントが手切れ金か……よくよく考えれば、変な話だよな。どうして物をあげたのに、僕が莉愛に縁を切られないといけないんだ」

「だったら、ちょうどよかったのかもね。私は何も貰えないままで」

「全然よくないだろ。莉愛、とりあえずこっちを向け」

「……嫌だ。新世に泣き顔見られたくないもん」

莉愛は駄々をこねるように、首を左右に振る。

「もう莉愛の泣き顔は散々見てきたぞ。……まあ、大体は嬉《うれ》し泣きの方だけど」

「……私、今は全然嬉しくないし」

「そっか、せっかく買ってきたんだけどな。莉愛が欲しがってた髪留めを」

「えっ……？」

ゆっくりと顔を上げた莉愛に、僕は赤いリボンのついたテールクリップを差し出した。

莉愛は目を見開き、「どうして……」と声を漏らす。

「どうしても何も、莉愛のことを信じてたからだよ」

僕は莉愛がくしゃくしゃに丸めた数学の答案用紙を手に取り、皺《しわ》を伸ばす。

そこには、何度も書いて消してを繰り返した跡があった。

時間ギリギリまで必死に解いている莉愛の姿を、僕は後ろから見ていた。

「けどまあ、結果はちょっとだけ足りなかったけどな」

「じゃあ……結局そのテールクリップはくれないんだ？　私が約束を守れなかったから」

「……いいや、莉愛が約束を守っていても、僕はあげるつもりないけどな」

「なにそれ？　私のこと、馬鹿にしてるの？」

莉愛はきっとした顔を向けてくる。

「僕との縁を切るつもりの相手に、プレゼントなんて渡せないって言ってるんだ」

「今からでも約束を変えよう。莉愛が期末テストを頑張れば、僕が莉愛の欲しい物をひとつ買う。そして……これは手切れ金なんかじゃない」

僕は莉愛のサイドテールを解《ほど》くと、赤いリボンのついたテールクリップで結び直した。

莉愛が普段使っている赤いヘアピンとお揃《そろ》いで、よく似合っている。

僕はスマホを取り出して、莉愛をインカメで映して自分の姿を見せた。

「莉愛、これでいいか？」

「……うん、いいよ」

消え入るような声で、莉愛は小さく頷《うなず》いた。


教室で莉愛と別れ、僕は怜奈のいる教室へ向かう。

廊下を歩いていると、そらが数人の女子生徒と向かいから歩いてきていた。

「あっ、旭岡センパーイ！」

そらは僕を見つけると、僕のもとへ歩み寄ってきた。

遅れて他の女子たちがそらの後についてくる。

どうやら、そらはこのグループのリーダー的存在らしい。

「私、英語のテストで満点だったんですよ〜！　すごくないですか〜？」

「満点⁉　す、すごいな……」

「これも旭岡先輩のお陰ですね〜！」

「いや、僕は何もしてないんだけど……」

「いえいえ！　そんなことないですよ〜」

僕がしたことといえば、そらが参考書を買いに行くのに付き合っただけだ。

だから、どう考えたって僕のお陰じゃないけど、何故《なぜ》かそらの周りにいる女子から羨望の眼差《まなざ》しで見られているから悪い気はしない。

「それでですね……旭岡先輩。私、今回はすっごく頑張ったと思うんですよ？」

そらは両手を合わせたり開いたりしながら、上目遣いで聞いてくる。

「そうだな。よく頑張ったみたいだな」

「だから〜……旭岡先輩にヨシヨシって頭を撫《な》でてほしいなあ〜って……」

「……え？」

そらは赤く染めた頬に両手を押し当て、恥ずかしそうに体をくねらせた。

それを聞いた他の女子たちが「きゃー」と短い悲鳴をあげた。

「そらちゃん、旭岡先輩からご褒美が貰えてよかったね～」

「うんうん、そらちゃんご褒美の為《ため》に頑張ってたもんね～」

そして他の女子たちは口々に、そらに労《ねぎら》いの言葉を送る。

……なんだこれ？

いつの間にか、僕がそらの頭を撫でる流れになっているんだけど？

あまりの急すぎる展開に動揺して硬直していると、

「……旭岡先輩、もしかして私の頭なんて撫でたくないんですか……？」

動かない僕に痺《しび》れを切らしたのか、そらがそう聞いてきた。

しおらしく、今にも泣き出しそうな声で。

「私、私……頑張ったのに～……」

ヤバい……そらにここで泣かれると、周りの女子たちから責められる！

そう思った僕は咄嗟《とっさ》にそらの頭に手を置き、優しくそっと撫でた。

「うへへ～……頑張ってよかったです～」

泣きそうだった態度が一転して、そらは心底嬉しそうな声を出した。

完全にそらにうまいこと誘導されたけど、これで気が済んだのなら、よかったよかった
……

「──私もしてもらおうかしら？　ヨシヨシ、って……」

……全然よくなかった。

背後から聞こえた冷たい声に、僕の背筋が凍りつく。

「れ、怜奈……」

「いつまで経《た》っても私のところに来ないと思っていたら、随分と楽しそうなことをしていたみたいね？」

突然現れた怜奈に、そらの周囲にいた女子たちがざわつき始めた。

「……あの人が双葉《ふたば》先輩なんだ」

「噂《うわさ》通りに綺麗な人……」

そらと一緒にいるということは、おそらく彼女たちは一年生。

一年生はあまり二年生の僕たちと関わる機会はないので、こんな近くで怜奈を見たことがなかったのかもしれない。

だからか知らないけど、全員の視線がそらではなく怜奈に向いていた。

そして、怜奈の冷ややかな視線は、僕にしか向けられていないわけで……

「……新世、年下の女の子たちに囲まれて楽しかった？」

「れ、怜奈さん、これはですね……」

冷や汗が止まらない。どうして僕がこんな目に……？

さっきから、何故かずっと逃げ場がない。

どう弁明したものか悩んでいると、怜奈が下から僕の顔を覗《のぞ》き込んできた。

「他の子にデレデレしていたことを、新世は私に許してほしいのよね？」

「で、デレデレはしてないんだけど……許してほしいです」

「なら、そうね……今夜私をベッドの中でヨシヨシしてくれるなら、この件は不問にするけれど？」

「なっ……!?」

一年生の女子たちの前で、なんてこと言ってるんだよコイツ!?

また周囲がざわつき始めた。

「ベッドの中でヨシヨシって……そ、そういうことだよね……？」

「やっぱり、先輩って大人なんだ……」

初々《ういうい》しい反応を見せる一年生たちに、怜奈は余裕そうに澄ました顔を見せる。

「……あはは、お二人とも相変わらずラブラブなんですね～……」

怜奈が登場してからひと言も喋《しゃべ》らなかったそらが、どこか乾いた笑いをすると、

「お二人の邪魔をしたら悪いですね！　ではでは旭岡先輩、失礼します～！」

そう言って、そらは踵《きびす》を返して早足で立ち去っていった。

「あ、待ってよ、そらちゃん！」

その後ろを慌てた様子で、他の女子たちが追いかけていく。

残された僕と怜奈。

「……それで？　新世は私にも、ヨシヨシしてくれるのかしら？」

怜奈は悪戯《いたずら》っぽい笑みを浮かべる。

何故か、もはや僕には断る選択肢がないんだよな……？

「も、もちろん……というか、人前であんなことを言うのは心臓に悪いからやめてくれ」

「あら？　心臓に悪かったのは、自分の彼氏が他の女の子――しかも好意を持たれている相手の頭を撫でてる場面を見せられた、私の方だと思うのだけれど？」

「そっ、それは……悪かったよ。他の子たちにも取り囲まれて、断れる雰囲気じゃなかったんだ」

「ふうん……断れる雰囲気じゃなかったら、新世は何だってするのね。もしかして、私が告白した時も、雰囲気に流されてオッケーしたのかしら？」

「そ、そんなわけないだろ!?」

「さあ、どうかしらね？」

そっぽを向いた怜奈を僕は必死に宥《なだ》める。

許してくれる流れだったのに、怜奈の怒りが再び点火してしまった。

なんとしてでも怜奈の機嫌を直さないと。

それに、この後の展開を考えると、万が一の為にも怜奈の機嫌は良いほどいい。

「怜奈……僕は――」

「ところで、テストの結果はどうだったのかしら？」

「えっ……テ、テスト？」

僕が怜奈の機嫌を取ろうとしたところを、あろうことか怜奈に止められた。

そして、僕が危惧していた展開になりつつあった。

「どうしたの？　まさか、あれだけ私に手取り足取り教えてもらっておいて、悪かったはずはないわよね？」

「と、当然だ。過去最高の結果だったよ」

「そう？　それならよかったわ。もしこれで成績が下がっているようだったら、私の『機嫌』は今よりさらに悪くなっていたかもしれないわね」

「そ、そうだな……」

怜奈は『機嫌』という単語を妙に強調して口にする。

僕はその言葉に、いつもより敏感に反応していた。

何故なら、今回の期末テストでは、罰ゲームをかけて怜奈と戦っているからだ。

僕が怜奈に執行する罰ゲームは決まっているけど、怜奈が僕に執行する罰ゲームの内容は決まっていない。

そう、まだ罰ゲームの内容が決まっていない。

つまり、怜奈が僕への罰ゲームを決める際に、すこぶる機嫌が悪ければ……

僕はとんでもない罰ゲームをさせられるかもしれない。

それが怖くて、怜奈の機嫌を良くしようとしたのに、話題を変えられた。

こうなったら、僕が勝っていることに賭けるしかない。

「れ、怜奈のおかげで、満点に近い教科がいくつかあったぞ」

「満点に近い点数……それはすごいわね」

怜奈は信じられないといったふうに目を丸くした。

「だ、だろ⁉」

一気に僕のテンションが上がる。

僕のテストの結果に、怜奈が想定外だったという反応を見せたからだ。

これで形勢逆転、夏休みには怜奈の家で、僕も葵たちみたいに羽を伸ば——

「でも残念ながら、勝敗は決したわね。だって私、全教科満点だったもの」

「……は？」

ゼンキョウカマンテン？　何言ってるんだこの人？

「ふふっ、まるで信じられないって表情をしているわね。これが証拠よ」

怜奈は僕に、満点の解答用紙を五枚広げて見せた。

「嘘《うそ》、だろ……？　丸しかない……」

あまりにもあり得ない非現実的な物を見せられ、変な笑いが込み上げてくる。

テストで本気を出したことがないと言ってたのは嘘じゃなかったらしい。

「……さて、新世にはどんな罰ゲームをしてもらおうかしら？」

現実に戻され、すぐに笑いが引っ込んだ。

「私、今はとても機嫌が悪いのよね……これがどういうことか、聡明《そうめい》な新世にはわかるわよね？」

怜奈は苛立《いらだ》ったように、前髪を掻《か》き上げた。

「は、はい……」

「罰ゲームというものは、内容によっては相手に拒否されることがあるわ。いくら罰ゲームでも、そんなことはできないとね。けれど……新世はまさか、断らないわよね？」

すーっと血の気が引いていくのを感じる。

怜奈はこういう時に手加減をしないタイプだ。

もしかすると、拷問のようなことをされるかもしれない。

「ちなみに、罰ゲームの内容はなんなんだ……？」

「それはね……」

怜奈は後ろ手に組むと、くるりと振り返った。

「私と夏祭りに行きなさい」

「……へ？　な、夏祭り……？」

僕は瞬時に言葉の意味を理解できなかった。

それもそのはずで、僕はてっきり怜奈に拷問でもされるのかと……

だから正直、ある意味怜奈らしい罰ゲームの内容に驚いていた。

「あ、あれ？　その反応……。もしかして、誘い方が違ったのかしら……？」

怜奈も何故《なぜ》か驚いた様子で、こほんと咳払《せきばら》いをした。

「私は新世と夏祭りに行きたいの。……ご一緒してくれるかしら？」

「……もちろん」

四章　勝てない相手

期末テストが終わると、すぐに終業式があって、夏休みに入った。
しかし夏休みが始まっても、僕が所属するサッカー部にほとんど休みはない。
連日続く猛暑に汗を流していた八月上旬のことだ。
僕や翔《しょう》を含むサッカー部員たちは遠征で都内にいた。
午後から都内のユースチームと練習試合をする為《ため》だ。
いくら強豪校のウチとはいえ勝ち目がない、同世代のプロの卵たちが相手だ。
「……正直、俺らみたいなのとは格が違うよな」
グラウンドで僕が準備運動をしていると、翔が話しかけてきた。
いつも気楽そうな翔が、今日は朝からずっと憂鬱そうにしている。
それもそのはずで、僕と翔は去年、今回対戦する相手と一度戦っていた。
その時の結果は惨敗。僕らに一点も入れさせてくれなかった。

さすがプロのスカウトが集めたエリート高校生たちで、まるで歯が立たなかった。

「そりゃあ、育成面でも金の掛け方が違うからね。向こうは完全にビジネスだ」

僕は地面の人工芝を爪先で蹴りながら答えた。

都内にこの広いグラウンドを用意するだけで、一体いくらかかることやら。

他の練習設備も僕らの高校とは雲泥の差だしな。

「俺が言えたことじゃないけど、新世《しんせ》も浮かない顔してるよな。そんなにボロ負けするのが怖いのか？」

「いや、そういうわけじゃないんだけど……」

僕は力なく笑って、首を横に振った。

実は今日、練習試合が終わった後、両親を空港まで迎えに行かないといけない。

そして、美織《みおり》が両親に告げ口をしたせいで、この後叱られると思うと憂鬱だ。

あれから僕の方には両親から連絡が一切来ていない。

かといって僕から両親に連絡するわけもないので、今まで有耶無耶《うやむや》のままで済んでいる。

「旭岡《あさひおか》、何が不満なんだよ？　あんな美人に応援してもらってんのに」

そう声をかけてきた葵《あおい》が、金網フェンスの向こうを顎で指した。

そこには、黒い日傘を差した怜奈《れいな》が立っていた。

僕と目が合うと、怜奈は小さく手を振ってくる。

練習試合が都内であることを怜奈に知らせたら、わざわざ応援に来てくれた。

もっとも、純粋な応援とは別の目的も怜奈にはあるんだけど。

『夏休みに新世のご両親が帰ってくるの？　だったら、私もお迎えに行かないと』

ということで、怜奈の外堀を埋める作戦は継続中らしい。

さすがに来なくていいと言ったけど、怜奈は行くと言って聞かなかった。

美織に冷たくあしらわれたので、変に焦っているのかもしれない。

「勝利の女神は俺らのモンだぜ。絶対に勝つぞ！」

「はあ……佐藤《さとう》は去年試合に出ていなくて実力差を知らないから、呑気《のんき》でいいな」

「つーか、どうして双葉《ふたば》は制服なんだ？」

「合コンの時もそうだったよな」

葵と翔は不思議そうに首を傾《かし》げた。

ここへ来る前に僕も疑問に思ったので、怜奈に理由を尋ねたら、

『新世のご両親に会うなら、ちゃんとした服装じゃないと』

と言っていたことは、怜奈に片想《かたおも》いしていた二人には黙っておこう。

というか、さっき僕が翔に両親を迎えに行くことを言わなかった理由がそれだ。

両親と怜奈の顔合わせが他の部員にバレると、僕は試合前に怪我《けが》をすることになる。

やがて、軽い走り込みが終わると、葵が「監督と話してくる」と言って離脱した。

「葵が監督に話すことって、なんだろ？　ベンチスタートなのに」

「さあ……双葉ちゃんにいいところを見せたいから、早めに交代してもらえるように頼むとかか？」

「一応、怜奈は僕の彼女なんだけどな……」

「新世が別れた場合のことを考えて、後釜を今のうちから狙ってるんだろ。他の部員たちもやる気満々みたいだぜ？」

「……あいつら……」

葵の言ってた通り、知らずとチームの士気を上げる怜奈は勝利の女神みたいだ。

……僕としては、かなり複雑な心境だけどな。

サッカーとは全く関係のないところでやる気を出されても困る。

「新世が双葉ちゃんに振られても、どうせ女子が言い寄ってきたりはしないんだろうな」

「はっきり言ってくれるな……」

翔の容赦ない物言いに、僕が地味に傷ついていると、

「旭岡先輩を狙っている女の子はいるので、心配しないで大丈夫ですよ～！」

マネージャーのそらが歩み寄ってきた。

片手には僕が持参した水筒を持っている。

「これどうぞ、旭岡先輩！」

「ああ……ありがとう、そら」

夏場の練習には熱中症のリスクが付き纏《まと》う。

なのでこうして、マネージャーがこまめに部員たちに水筒を持ってきてくれる。

「あれ、翔の分は？」

しかし何故か、そらは兄の翔の水筒を持ってきていない。

「あ、あの……そら？　俺の分は……？」

「お兄ちゃんは自分で取ってきて～」

「……ううっ、俺の妹が炎天下でも冷たくて辛《つら》い！」

半泣きになった翔はそう言って、自分の水筒を取りにベンチまで走っていった。

ついこの間まで二人の仲は良かったのに、ここ最近どう見ても翔の扱いが酷《ひど》い。

部活内でも「そらの翔に対する態度が悪くなった」と裏で話題になっている。

以前、葵に何か知らないかと尋ねられたけど、答えられなかった。

僕がそのきっかけを作ったかもしれないからだ。

そらが翔に対して冷たくなったのは、ちょうど例の合コンからだ。

あの時、翔が僕を合コンに誘わなければ、今とは違う未来があった。

つまり、そらは自分が立てた計画を翔に邪魔されたことを根に持っているんだろう。

「……どうしたんですか旭岡先輩、飲まないんですか～？」

僕が考えごとをしていると、そらが両眉を上げて聞いてきた。

「水分補給しないと倒れちゃいますよ～」

「そ、そうだな」

そらに促され、僕は一気に水筒の中身を飲んで喉を潤す。

生き返った心地がする。

「そういえば、どうして旭岡先輩は水筒に牛乳なんて入れてるんですか～？　普通、スポーツドリンク入れません？」

「スポーツドリンクの味が嫌いでさ……」

「でもでも、運動する時に牛乳を飲むと、気持ち悪くならないですか～？」

「平気だよ、牛乳好きだから」

そう返して再び牛乳を喉に流し込んでいる時に、僕はふと疑問が湧いた。

どうしてそらは、水筒の中身が牛乳ってことを知ってるんだ……？

　この水筒の中身は、今朝牛乳を入れた自分しか知らないはずなのに。

　まさか……。

「喉が渇いたから、さっきちょっとだけ飲ませてもらったんですけど、中身が牛乳でビックリしましたよ～」

　悪びれずにそらが口にした途端、僕は勢いよく吹き出した。

「うわっ、汚いですよ～！」

「ご、ごめん……じゃなくて！　どうして勝手に人の飲んでるんだよ⁉」

「好きな人が何を飲んでいるのか気になったから、ですかね～？」

「そんなの、気になるなら僕に聞けばいいだろ……」

　そもそも、どうして今日なんだ？

　確認する機会は今までいくらでもあったのに……いや、そんなの決まっている。

　そらは怜奈が見ているところで、僕にちょっかいをかけたかっただけだろう。

　と追及したところで、どうせそらは素直に認めないから何も言わないけど。

「優しい旭岡先輩なら、勝手に飲んでも許してくれると思ってたんですけど～……ダメでしたか？」

「喉が渇いたのなら、翔の水筒から飲めばいいだろ？」

「お兄ちゃんのなんて嫌ですよ。それに〜……」

そらは僕の手から水筒を奪うと、躊躇《ためら》うことなく口をつけた。

「なっ……!?」

突然のことに驚いた僕に、そらは水筒を返す。

「間接キスする相手は、やっぱり旭岡先輩じゃないと」

うっすらと口紅がついた飲み口に視線を落とすと、そらは揶揄《からか》うように笑った。


そらに弄ばれた後、僕はフェンスの向こう側にいた怜奈に呼ばれた。

「小鳥遊《たかなし》そらさんとのやり取りについて、何か言いたいことがあるのなら、先に聞いてあげてもいいけれど?」

怜奈は腕を組んで、不機嫌そうに顔をしかめている。

「い、いや……まさか怜奈が見ている前で、あんなことされるとは思わなくてさ」

「まあ、間接キスぐらい気にしないけれど。私はもっとすごいことをしているもの」

怜奈は制服の中に手を入れ、下着の位置を調整する仕草を見せた。

部活に集合する前に、人目のつかないところで戯れあっていたことを僕に思い出させるかのように。

「そ、そうか……」

「……それより、今日の試合は勝てそうなのかしら？」

怜奈はグラウンドに目を向けた。

ちょうど、対戦相手がアップを始めたところだった。

未来のプロ候補たちが、早いパス回しをしている。パスの精度もいい。

「はっきり言って、無理だな。僕らとはレベルが違う」

僕はフェンスにもたれかかり、その練習風景を見ながら実力差にため息を吐《つ》く。

遠くで僕と同じように彼らを見ている他の部員も、動きを止めて見入っていた。

「新世は一年生の頃から試合に出させてもらえるような優秀な選手なのよね？　そんな新世と比べても、彼らとは実力差があるのかしら？」

「向こうは、近い将来プロになるかもしれないような連中だぞ。技術的にもフィジカル的にも、僕は何ひとつ勝てない」

事前のミーティングでは『彼らの胸を借りるつもりで』と監督からも言われた。

つまり、この試合をセッティングした監督さえ、実力差は承知の上だ。

「だから精々、ボロ負けして心が折れないように頑張るさ」

「ふうん……私はそんな弱気な男を好きになった覚えはないのだけれどね」

「……えっ？」

突然発せられた、突き放すような冷たい怜奈の声。

後ろを振り返ると、怜奈は見たことのないような冷めた表情をしていた。

「弱気というか、あくまで僕は客観的な事実を……」

「……そういえば、さっき相手チームの選手数人が私に話しかけてきたのよ」

「それって……もしかしてナンパか？」

怜奈のことだから、もしかしなくてもナンパされたんだろう。

デート中、僕が離れた隙に怜奈が他校の男子生徒から声をかけられる場面には、もう何度も遭遇したことがある。

けど、怜奈は相手にせず、そのことを僕の前で話題に出したりしない。

だから、怜奈がわざわざ話題に出した時点で、僕は無性に嫌な予感がした。

「まさか、そいつらと連絡先を交換したりしてないよな……？」

「……よくよく考えれば、相手は将来プロサッカー選手になる可能性を秘めている有望株なのよね」

「そ、そうだな……」

実際に去年戦ったユースチームの三年生で、今年からプロ入りした選手もいる。

試合前に怜奈をナンパするぐらい余裕がある奴《やつ》は、プロになる確率も高いだろう。

「今のうちに、新世から乗り換えておこうかしら？」

「お……おいおい、冗談だろ？」

やっぱり、そらとの一件を怒っているのか？

いや……僕が試合前から弱気になっていることが、どうしても怜奈には許せないんだろう。

昨夜、電話越しで怜奈は、僕の活躍を楽しみにしていると口にしていた。

それなのに僕ときたら、彼女の前で情けない弱音ばかり……

不甲斐《ふがい》なさに気がつき僕が俯《うつむ》いていると、怜奈がフェンス越しに背中を叩《たた》いてきた。

「乗り換えをされたくないなら、後ろ向きな気持ちを捨てて、前を向いて精一杯戦ってきなさい」

「……ああ、わかった。ベストを尽くすよ」

夕方前に終わったユースチームとの練習試合は、得点差五点という大敗を喫した。

ベストを尽くしたけど、あまりにも一方的な試合内容だ。

相手チームの選手は余力を残した様子で、かなり屈辱的だった。

試合が終わり、今日の部活動は解散になった。

帰宅の準備を始める部員がいる中、僕はベンチに座り込んでいた。

もはや試合の疲れで、空港まで両親を迎えに行く気力が残っていない。

「あ、旭岡先輩……？　なんか、すごく落ち込んでいませんか～……？」

ひとりで反省会をしていた僕に、そらが心配そうに声をかけてきた。

「負けちゃいましたけど、先輩は一点取ったじゃないですか～！　もっと胸を張ってもいいと思いますよ！」

そらは自分の胸を張って見せつけてくる。

「私、おっぱいがデカいから、いつも胸を張ってるみたいなんですよね～！」

「確かに、そらはいつも自信満々って感じだな」

「私を彼女にしてくれたら～、いつでもどこでもこのおっぱいを揉《も》み放題ですよ！」

「……そうやって僕を励ましてくれてるんだな。でも大丈夫だ。試合でどこがダメだったか、自分なりに考えてただけだから」

当然、落ち込んでいないわけじゃない。

正直、全体的に僕には足りないことだらけだった。

しかし、全く歯が立たなかったことで、逆に見えてきた自分の欠点もある。

学校のテストと同じようにミスや失敗を分析して、次に活《い》かさないと。

「……励ましてくれてありがとう、ですか。旭岡先輩って、やっぱり変ですよね〜……」

どこか納得のいかない表情で呟《つぶや》いたそらは、僕の隣に座った。

「変って……僕が格上の相手に負けて、ひとりだけ落ち込んでいるのがか？」

他の部員たちは、試合結果を特に気にしていない。

試合前はやる気に満《み》ち溢《あふ》れていた葵でさえ、どうでもよさそうだった。

「違いますよ〜……だって私、先輩が椎名《しいな》先輩と別れるキッカケを作ったんですよ？　なのに先輩は、私が話しかけても今までどおり普通に接してくれるじゃないですか？」

「僕が無視したら、翔に泣きつくつもりだろどうせ。先輩が私に冷たい！　って」

「それはそうなんですけど〜……」

あっさりとそらは認める。

「……あれ？　ということは、私のことが嫌いなんですか〜？　お兄ちゃんがいる手前、無視できないだけで」

そらは僕に体を寄せて、そう聞いてきた。

「……本当は嫌いになるところなんだろうけど、自分たちに落ち度がないわけじゃないからな」

あの一件の裏側で、僕と莉愛《りあ》が破局するようにそらが誘導していたのは事実だ。

だけど、莉愛は自分の意思で僕との約束を破って、隠れて男に会っていた。

莉愛に浮気のつもりがなかったとはいえ、本人が認めた通り不誠実だった。

そして僕も、莉愛にちゃんと詳しく話を聞かなかった。

一方的に莉愛に別れを告げて、怜奈に迫られ求められるがままに関係を持った。

結局、二人とも自分の行動がどんな事態を招くか考えられていなかった。

だから、別れた原因を全てそらに押し付けることはできない。

「怜奈に言われたよ。どうせ、近い将来僕と莉愛は別れていたって。だから、そらが裏で動いていなくても、結末は変わらなかったよ」

「ふ～ん……そんなふうに考えてたんですか～」

「……そういえば、そらはどうして簡単に白状したんだ？」

そらがチャラ男と手を組んで、僕らを破局させようとした証拠はなかった。

あの状況なら、そらはいくらでもシラを切ることができたはずだった。

そのことだけが、ずっと気になっていた。

「だって私は、裏でやっていたことをいずれバラすつもりでしたから～」

「……そんなことをしたら、僕に嫌われるって思わなかったのか？」

「私は付き合うなら、自分の本性を知ってても好きになってくれる人がいいんですよ～」

そらは不敵に笑うと、ゆっくりと立ち上がった。

「私って、外見の良さだけで昔からモテるんですよ。高校に入学してからも、何回告白されたことか～……あ、双葉先輩ほどじゃないですけど」

自慢話かと思ったけど、そらの複雑そうな横顔を見る限り、違うらしい。

そらは鬱陶しそうに髪を掻《か》き上げる。

「でも、外見が好みだから好きって、失礼な話ですよね～？　私っていう人格は、どうでもいいって言われてる気がして……」

「好きな相手には本性を見せた上で、自分のことを好きになってもらいたいのか？」

「そうです。あんなことを平気でする性格だって知っても、私と普通に接してくれるお人《ひと》好《よ》しな人が好きなんです～」

そう言って、そらはくるりと振り向くと、前屈《まえかが》みになって僕に顔を近づけてきた。

怪しげに光る瞳が僕を捉えて離さない。

「だから、私は旭岡先輩のことが好きなんですよ」

「……僕はそらが思うほど、お人好しじゃないぞ」

「そんなことないですよ〜。少なくとも私からすれば、旭岡先輩ははじめて会った時から、お人好しでしたから」

そらは出会った頃を懐かしむように、遠くの景色を見つめた。

かと思えば、そらは何かに気がついた様子で口元を歪める。

「おーい、そら！　お兄ちゃんと一緒に帰るぞ〜！」

どうやら、視線の先には兄の姿があったらしい。

そらは嫌そうにため息を吐《つ》いた。

「……それじゃあ、旭岡先輩。名残惜しいですけど、お先に失礼します〜」

頭を下げると、そらは翔と渋々帰っていった。


「新世、お疲れ様」

そらと入れ違いで、怜奈がやってきた。

不甲斐ないところを見せた僕は合わせる顔がない。

僕は隠れるように、タオルを頭から被《かぶ》った。

「……試合に勝たないと別れると言ったわけでもないのに、意外と脅しが効いていたのかしら？」

「……なんというか、怜奈にかっこ悪いところを見せちゃったなって……」

ベストを尽くすなんて言っておいて、あのザマだ。

試合に負けたことより、怜奈にいいところを見せられなかったことが悔しい。

「かっこ悪いところって……新世は一生懸命に頑張ってたじゃない？」

「でも、負けは負けだ」

「負けたからカッコ悪い、ということはないわ」

怜奈は僕の前にしゃがみ、タオルを取り払った。

僕をまじまじと見つめると、怜奈はすっと通った鼻筋に皺《しわ》を寄せた。

「……その負け犬みたいな顔、正直カッコ悪いわね」

「前言撤回が早すぎないか⁉　数秒前までは慰めてくれる流れだったよな⁉」

「新世がいつまでもしょげた顔をしているのが悪いのよ」

怜奈は僕の鼻をつまむと、乱暴に引っ張った。僕は痛さで飛び上がる。

「痛いんだけど⁉」

「そんなことより、早くユニフォームを着替えてきてくれるかしら？　この後、空港までお義父様とお義母様を迎えに行くのだから」

「……まだ怜奈の義父母ではないけどな……？」

着替えて更衣室から出ると、外で僕を待っていた怜奈の周りに人だかりができていた。

怜奈を取り囲んでいるのは、葵を筆頭とした他の部員たちだ。

まるでアイドルに群がるファンみたいだな。

怜奈は学園のアイドル的存在なので、あながち比喩でもないかもしれない。

「なあ双葉、俺の活躍を見てたか？」

やる気が空回りして危うくオウンゴールを決めかけた葵が、怜奈にそう尋ねる。

葵の奴、監督に怒られたことをもう忘れたのか？

あの調子だと、僕が期末テストで勉強を教えたことも忘れているかもな。

怜奈は少し間を空けると、

「見ていないわ。……というか、あなた試合に出ていたのね」

「と、途中交代で出てたから、俺の存在に気づかなかったのかな……？」

「ごめんなさい。新世のことしか見ていなかったのよ」

有象無象に興味がないという怜奈の答えに、葵はガックリと項垂《うなだ》れた。

むしろ葵的には、戦犯になりかけたシーンを怜奈に見られてなくて良かっただろ。

そもそも俺の活躍って……ありもしない出来事を怜奈が見られるはずもない。

「なあ双葉ちゃん、俺らディフェンス陣の完璧な守りを見てくれたか？」

今度は同じ二年の部員が白い歯を見せながら怜奈に聞いた。

ディフェンス陣の代表みたいな口ぶりだけど、ちなみに彼も葵と同じ控えだ。

「六点も入れられておいて、よく誇らしげに語れたものね」

「いやいや、俺らじゃなかったらもっと点を入れられてたぜ？」

そんなの自慢できることじゃないだろ……。

葵のオウンゴールを完璧に止めてくれたことだけは感謝できるけど。

いや、感謝するのは葵だけでいいはずだな。

「そう……それが本当なら、あなたはすごいのね」

「だろ⁉　俺はすごいんだぜ！」

「でも、私の新世の方がもっといろいろとすごいわよ」

怜奈は張り合うように言う。普通に恥ずかしいからやめてほしい。

「すごいって、例えば？」

「相手の弱いところを攻めるのが上手《じょうず》なの。けれど、逆に攻められると弱いのよね」

「……一応確認するけど、サッカーの話だよな……？」

怜奈はサッカーに明るくないから、抽象的なことしか言えないだけだ。

しかし大人びた怜奈が口にすると、どうしてこうも色っぽい話に聞こえるのか。

本人に自覚はないんだろうけど。

「私からも聞きたいことがあるのだけれど、新世の好みの女性のタイプとか知らないかしら？」

その問いに、部員たちは揃《そろ》って首を傾《かし》げる。

ていうか、今の流れでサッカーの質問じゃないのかよ。

「旭岡の好きなタイプ……？　それを知ってどうするんだ？」

「該当する人物が新世に近づかないようにするのよ」

「……なるほどな。でも、あまり詳しくは知らないぞ」

そんなこと、口の軽い葵たちには真面目《まじめ》に話さない。

場のノリに合わせて、適当なことしか答えていない。

「詳しくなくてもいいから、知ってること教えなさい」

「そうだな……誰にでも優しい明るく元気で純粋な子が好きって言ってたような」

「……つまり、私と真逆のタイプが新世は好きなのね」

そう言って、怜奈は露骨に不機嫌そうなオーラを出した。

僕が適当に答えた模範回答を、よりにもよって怜奈に伝えるなよ……

「な、なんか双葉の奴《やつ》、めちゃくちゃ怒ってないか？」

「もしかして、双葉ちゃんの地雷を踏んじまったか……？」

怜奈の機嫌を損ねたことを察した部員たちが怯《おび》えはじめる。

「け、けど……旭岡だって男だし、美人なら性格なんてどうでもいいんじゃね？」

「そ、そうだな。気のいい旭岡は、性格に多少難がある奴とも普通に絡んでるし」

怜奈にとって何のフォローにもなってないんだけど？

あれこれ好き放題に言う部員たちに呆《あき》れながら、僕は怜奈に歩み寄る。

「怜奈、そいつらが適当に言ってることをあんまり信じるなよ」

「あ、新世」

怜奈は人だかりを軽快な足取りで抜け、そのまま僕の隣に来て腕を絡めてくる。

「旭岡、今から双葉とデートに行くのか？　羨ましい奴だな」

「ま、まあ……そんなところかな」

まさか、今から怜奈を自分の両親に会わせるなんて口にできるはずもない。

バレれば、ただでさえ妬ましそうにしている彼らの反感を買うことになる。

だから適当にはぐらかそうとしたその時、怜奈が僕にもたれかかった。

怜奈はすりすりと頬《ほお》を擦り寄せると、幸せそうな表情で口を開いた。

「ふふっ、違うわよ。今から新世のご両親にご挨拶へ行くの」

……そういえば、肝心の怜奈に口止めするのを忘れてたな……

この手のことに関しての怜奈の口の軽さに絶望した時にはもう遅い。

「両親に挨拶って……どういうことだ旭岡⁉」

「ヤバい、逃げるぞ怜奈！」

僕は怜奈の手を引いて、急いでその場から離脱した。

五章　波乱の予感？

「ごめん怜奈《れいな》、ちょっと腹痛がするからトイレに行ってくる。だから、ここで母さんたちを待っていてくれ」

電車で空港について早々に、新世《しんせ》は慌ただしくお手洗いへ向かった。

多分、水筒の中の牛乳が夏の暑さで傷んだとかで、あたってしまったのね。

もしくは、今から自分の両親に彼女を会わせることへの緊張が原因かしら？

莉愛《りあ》さんは新世の家へ遊びに行った際、ご両親と顔を合わせたことがあるらしい。

だから、新世も一度は体験したことのはずなのに、やはり慣れないものなのね。

結婚の挨拶でもないのだから、気楽にしてくれればいいのに。

とはいえ、私も少なからず緊張しているから、人のことは言えないわね。

私が空港までついてきたのは、もちろん莉愛さんに後れを取らないため。

莉愛さんが新世と経験したことは全て、私も経験しておかないと。

「二人が経験しなかったこともね……ふふっ」

つい独り言が漏れつつも、私は新世のご両親が到着ロビーから出てくるのを待つ。

ご両親の姿は、事前に新世から写真で見せてもらっていた。

新世はお義父様に似て、美織《みおり》さんは美人なお義母様によく似ていることがわかったわ。

二人は連れ子同士らしいから、当然なのだけれど。

「……到着したみたいね」

新世のご両親が乗っている機体が着陸して、しばらくして乗客員が降りてきた。

アメリカ発の便だからか外国人観光客が多く、日本人の姿はほとんどないわね。

これなら、探し出すのも簡単ね。

顔ぶれを確認していると、小さな男の子がゲートから勢いよく飛び出してきた。

顔立ちが日本人っぽいから、夏休みの間に帰国したとかかしら。

「いたっ！」

ぼんやり見ていると、その子は何もないところで躓《つまず》いて派手に転んでしまった。

そして、うわっと大声で泣き出した。

男の子の保護者はゲートにできている列の後ろにいるのか、誰も駆け寄らない。

「しょうがない子ね……」

少し遠いところにいた私が、男の子のもとへ歩み寄ろうとすると、

「――キミ、大丈夫？　どこかケガしてない？」

ちょうどゲートから出てきたショートヘアの銀髪少女が、私より先に男の子へ近づいた。

あの銀髪少女は、男の子の家族ではなさそうね。

年は私と同じぐらいかしら？　ハーフなのか、とても顔立ちが整っている。

銀髪少女は男の子の手を取って、体を起こしてあげた。

「もう、こんな人が多いところで走っちゃダメだよ」

顔をしかめた銀髪少女は人差し指をピンと立てる。

「ごめんなさーい……」

「でも、怪我《けが》をしていないみたいでよかったよ。次からは気をつけようね」

「はーい」

腰を屈《かが》めて男の子と目線を合わせ、銀髪少女は優しい笑みを浮かべる。

……何故《なぜ》か子供に怖がられる私には真似《まね》できない芸当ね。

「キミ、お母さんかお父さんは一緒なの？」

「ううん、僕はひとりで日本に帰ってきたんだ。お爺《じい》ちゃん家《ち》に行くの」

「そっか、小さいのにひとりで偉いね。じゃあ、お迎えの人がいるのかな？」

「うん、お婆《ばあ》ちゃんが迎えに来てるはずだけど……どこに居るのかわかんない」

「わかった。お姉ちゃんも一緒に探してあげるね」

二人はキョロキョロと辺りを見渡し始める。

一瞬だけ、銀髪少女と目が合った。

……私はお婆ちゃんじゃないわよ？

「ん、あそこにいる人がキミのお婆ちゃんじゃないかな？」

「あっ、ほんとだ！　ありがとうお姉ちゃん！」

「えへへ、どういたしまして！」

男の子はお礼を言って、祖母のもとへ歩いていった。

銀髪少女は満足そうな顔で、男の子と祖母に手を振って見届けた。

しっかりしていて、優しい子ね。

そういえば、新世は誰にでも優しい明るく元気で純粋な子が好きらしいのよね。

本来なら、あの子みたいな子がタイプなのかしら？

「……あら？　変ね……」

私は首を傾げた。

銀髪少女より後から降りてきた乗客の中に、新世のご両親がいなかったから。

「見落とした……？　いえ、そんなはずは……」

それとも、新世が旅客機を聞き間違えていたのかしら？

……どちらにせよ、どこかで伝達ミスがあったみたいね。

「お待たせ怜奈……って、うちの親は？」

すっきりした顔で戻ってきた新世が私にそう尋ねた。

「それが……出てこなかったわよ」

「見落としたんじゃないのか？　……いや、怜奈に限ってそれはないか」

「ええ、だから新世が便を聞き間違えたのではないかしら？」

「僕が美織から聞いたのは、確かにこの便だったはずだけど……」

新世が頭を掻《か》きながら、スマホで美織さんに確認を取っていると、

「……あの子、どうしたのかしら？」

例の銀髪少女が、私たちのことをじっと見つめていることに気がついた。

私たちというよりかは……目線の先にいるのは、もしかして新世？

「あの子って？」

「ほら、あそこにいる子が私たちのことを見ているのよ」

私が視線を誘導すると、新世がスマホを操作する手をぴたりと止めた。

銀髪少女を見て、新世はパチクリと瞬《まばた》きを繰り返す。

「ねえ新世、どうしたの？」

「アメリカにいるはずの結衣《ゆい》が、どうして日本に……？」

「……結衣？　……誰よ、その女？」

唐突に新世の口から知らない女の名前が出て、無意識にトゲのある声が出たその時、

「やっぱりそうだ！　見間違いじゃない！」

突然、銀髪少女が嬉《うれ》しそうな声をあげると、一直線にこちらへ駆け寄ってきた。

「新くん、会いたかったよ～！」

「……は!?」

そして、銀髪少女はあろうことか、私の新世にしがみつくように抱きついた。

どういうこと……？　何が起こっているの？

混乱する私と同様に、戸惑っている様子の新世は銀髪少女を引き剝がすと、

「結衣、お前……こんな人の多いところで走るなよ!?」

新世は人差し指を突き出し、銀髪少女のおでこを軽く押した。

「えへへ、ごめんなさ～い」

数分前に似たようなやり取りを見た気がするわね……じゃなくて、

「新世、これはどういうことよ？」

私は二人の間に割り込み、新世に詰め寄った。

よく見ると、心なしか新世の口元が少しニヤけている気がするわね。

……銀髪少女が可愛《かわい》いからってデレデレしちゃって、許さない。

「……新世、この子は誰なのよ？　どうやら、知り合いのようだけれど？」

「この前、アメリカにいる幼なじみの話をしただろ」

「その話は聞いたけれど……まさか？」

「ああ、例の幼なじみがこいつだ」

と言って、新世は銀髪少女を指差す。

すると、銀髪少女は可愛らしく頬《ほ》っぺたを膨らませた。

「こいつって、酷《ひど》いよ新くん。私にはちゃんと結衣って名前があるのに」

「それはともかく結衣、うちの親を知らないか？　同じ便に乗っていたはずなんだけど……」

「ふふん、まんまと騙《だま》されたみたいだね新くん。そしてナイス美織ちゃん」

彼女は悪戯《いたずら》っぽい笑みを浮かべる。

「はあ……結衣を見つけた瞬間に嫌な予感はしたけど、美織のやつ嘘吐《うそつ》きやがったな……」

呆《あき》れたように新世は右手で顔を覆った。

「ちょっと待って、どういうことなのかしら？」

「つまり帰ってきたのは、うちの両親じゃなくて、同じくアメリカに住んでる結衣の方だったってことだよ」

「そんな……折角《せっかく》、ご両親に会えると思っていたのに……」

「文句なら美織に……いや、あいつも母さんたちが帰ってくるとは言ってなかったし、ちゃんと両親に確認しなかった僕が悪いか」

そういえば、新世はご両親と連絡を取り合っていないと言っていたわね。

自分の朝帰りのことを美織さんがご両親に報告されてから、話すと怒られそうだからとか。

その状況を美織さんと幼なじみにうまく利用されたみたいね。

「……ここで立ち話もなんだし、とりあえず場所を変えようか」

周囲からの注目を集め始めていることに気がついた新世は、フードコートがある方角を指した。

空港内にある喫茶店で、私は新世の幼なじみと向かい合わせに座った。

「紹介するよ、こいつは天羽《あもう》結衣。昔、家の近所に住んでいた子だ」

私の隣に座る新世が銀髪少女改め、天羽さんを紹介する。

短く切り揃《そろ》えられた銀色の絹糸のような髪。

少し幼さを感じる端正な顔立ちに、彼女は柔らかい笑みを浮かべた。

「結衣です、よろしくね。えーっと……」

「双葉《ふたば》怜奈よ」

「双葉……なるほど、あなたが美織ちゃんの言ってた、新くんの新しい彼女さんなんだね。

よろしくね怜奈ちゃん！」

天羽さんは私の手を取ると、ぶんぶんと元気よく振った。

「よ、よろしく……」

この子、新世だけではなく、誰に対しても距離感が近いのね。

アメリカだと普通なのかしら？

天羽さんが人懐っこい性格なだけなのかもしれないけれど。

「結衣は小学六年生の時に、両親の都合で向こうに引っ越したんだ」

「新くんもアメリカに引っ越して来ればいいのに。お父さんたちもあっちにいるんでしよ？」

「いや、うちの両親はアメリカにずっといるわけじゃないからな。とてもじゃないけど、その都度引越しなんて付き合いきれない」

「そっかー……そういえば、去年はイギリスにいたんだっけ？」

「フランスだよ」

「そうそう、おフランス」

天羽さんは合点がいったように、手をポンと叩《たた》いた。

しっかりした子だと思ってたけど、意外と抜けてるところもあるのね。

「それでまあ……結衣は何年かに一度、実家がある日本に帰ってくるんだ」

「新くんにも会いたいしね」

無邪気な笑顔で放たれたその言葉に、私は思わず体を硬直させた。

新世に会いたくて、わざわざアメリカから日本へひとりで帰国した？

ただでさえ、新世好みの子ということで警戒しているのに、ますます厄介ね。

……とはいえ、彼女はただ仲のいい友人に会いに来ただけなのかもしれない。

あまり二人の関係を疑い深く見るのも、気を悪くするだろうからいけないわよね。

「僕に会うのはついでだろ」

「もしかしたら、そっちがメインかも？」

前言撤回。この子、私の恋敵になる可能性が極めて高いわ。

新世にちょっかいをかける、小鳥遊《たかなし》そらさんの存在も警戒しないといけないのに。

思いもよらない新たなライバルの登場に、自然と唇が震える。

「と……ともかく、連絡もないし今年は帰ってこないのかと思ったら、まさか美織と手を組んで僕に隠してたとはな……」

私の顔色を窺《うかが》った新世が話題を逸《そ》らす。

「えへへ、驚いたでしょ？　新くん、口をぽかーんって開けてたし」

「結衣も僕を見つけた時、馬鹿みたいに口を大きく開けて驚いてただろ」

「あ、開けてないもん。馬鹿じゃないもん」

「……僕の両親が去年住んでいたのは？」

「イタリア！」

「イギリスとイタリアの区別、まだついてないんだな……」

「そ、それぐらいついてるもん」

いろいろとツッコミたいところだけれど、天羽さんがすぐに言葉を返す。

だから、私が会話に入り込む隙がない。

……この二人の仲を見ていると、莉愛さんが浮気を疑った気持ちもわかるわね。

けれど、天羽さんがどれだけ手強《てごわ》い相手でも、私の脅威にはならないわね。

私は新世の正妻ポジションで、揺るぎない地位にいるのだから。

新世は私に惚《ほ》れ込んでいるはずだから、あとは焦らずに外堀を埋めるだけ。

この優位を覆されることなんて、いくら気心の知れた幼なじみが相手でも――

「そういえば、今日は美織ちゃんと遊ぶ約束してるから、あとで新くんのお家《うち》にお邪魔させてもらうね」

……えっ？　あの美織さんと遊ぶ約束を……？

私に対して一貫して冷たい態度だった、あの美織さんと遊ぶ約束ですって⁉

天羽さんが美織さんとすぐに親しい仲になった人物だということは聞いていた。

けれど、そこまで仲が良かっただなんて予想外だったわ。

まさか天羽さん、新世の外堀をすでに埋め終わっているなんてことはないわよね？

もし新世のご両親とも仲がいいのであれば、旭岡《あさひおか》家での私の立ち位置は……

天羽さんは見たところ、気さくで明るくて、フレンドリーな性格。

それに比べて私は、少なくとも美織さん目線では、新世を誑《たぶら》かす悪い女。

もしかして新世のご家族からの印象は、圧倒的に私の方が不利な立場なのかしら……？

「結衣はアメリカから帰ってきたばかりなんだから、今日は大人しく休めよ」

「飛行機の中でぐっすり寝たから私は元気だよ。それに、美織ちゃんにお宝も渡したいしね」

「お土産《みやげ》じゃなくて、お宝?」

新世が怪訝《けげん》そうな表情で聞き返すと、天羽さんはカバンの中から何かを取り出した。

「じゃじゃーん! 美織ちゃんが欲しがっていた、人気ゲームの海外版ソフトです!」

「おお! それ、確かなかなか入手できない限定品じゃなかったか⁉」

「そうなの! 手に入れるの、すっごく大変だったんだよ? ニューヨーク中にあるゲーム屋さんを、たっくさん回ったんだから」

「す、すげーな……」

ゲームをしたことがない私には全く価値がわからないのだけれど。

新世の食いつきがすごいから、とても貴重な物なのでしょうね。

私に対しては無表情だった美織さんの喜ぶ姿が、悔しいけれど目に浮かぶわ。

「今日は美織ちゃんと、一年ぶりの再会を祝して夜中までこのゲームで遊びたいの」

「夜中までって……僕の家から結衣のお爺《じい》さんの家までは遠いだろ?」

昔は近所に住んでいても、お爺さんの家があるのは遠い場所なのね。

ということは、夏休みの間に頻繁に会うわけじゃないみたいね。

その情報を聞いて、少し安心したわ。

「うん、だから新くんの家に泊まってもいいかな？」

「それはダメよ！」

新世が天羽さんに答えるより先に、私は無意識のうちに口を挟んでいた。

私でさえ、まだ新世の家でお泊まりデートをしたことはない。

抜け駆けなんてさせないわ。

「えっ……ダメなのかな？」

天羽さんが不思議そうに首を傾《かし》げる。

確かに天羽さんが新世の家に泊まろうとする理由は、美織さんと遊ぶため。

だから新世を狙ってとか、そういうものではないとは思うのだけれど……

でも、私にはどうしても見過ごせない。

「もしかして、彼女の怜奈ちゃん的には、私が新くんの家に泊まるのは不安なのかな？」

天羽さんは自分で納得したように頷《うなず》く。

図星を突かれた私は、不安だと認めれば彼女に弱みを見せると感じて、

「ふ、不安なわけないわよ。新世が私以外の女に振り向くはずがないのだから」

つい余裕そうな態度で嘘を吐いてしまった。

「じゃあ、私が新くんの家に泊まっても大丈夫だよね？」

「もちろん、いいわよ……」

いいはずがないのに、私の口は掠《かす》れる声でそう答えてしまっていた。


空港を出て、私たちは電車を乗り継ぎして、地元の神奈川県某市まで移動する。

電車では私と天羽さんが新世を挟んで座る。

電車が走行している間、天羽さんは延々と新世に話しかけていた。

私は旧友との再会を邪魔するのも気が引けて、会話の輪に入れないでいたわ。

電車内は空いていて、三人だけしかいないのに、私は黙って耳を傾けていた。

「そういえば新くん、去年に会った時より背が伸びたよね？」

「まあな。僕の成長期はまだ止まっていないらしい」

「いいなあ、私なんて全然伸びなくなっちゃったよ」

「昔は結衣の方が僕よりデカかったのにな」

「あ、それ禁句だよ。女の子にデカいって」

新世はたまに、配慮にかけることをさらっと口にするのよね。

私が新世の膝の上に乗ったら、重いから降りろと言うんだもの。

その時の私はいい雰囲気を壊さないように、平気な顔をしてやり過ごしたけれど。

「――新世はもう少し、女性の扱い方を学んだ方がいいわよね。……あっ」

気がつくと、考えていたことが無意識のうちに声に出ていた。

「わ、悪かった怜奈。この前のことは謝るからさ」

新世にも心当たりがあったらしく、軽く頭を下げてくる。

謝らせるつもりはなかったのだけれど、私が根に持っているように思われたわね。

「新くん、怜奈ちゃんに一体何をしたのかな⁉　場合によっては私も怒るよ⁉」

もうすでに怒っているみたいだけれど、天羽さんが新世に詰め寄った。

私に味方をしてくれるのは嬉《うれ》しいけれど、私の新世に近づきすぎね。

「いや、それは言いにくいんだけど……とにかくごめん怜奈」

「……いいのよ別に。そのあとの私の扱い方は、完璧だったのだから」

再度謝ってきた新世に、私は彼の耳元でそう囁《ささや》いた。

新世は少し顔を赤くしながら「……そ、それはどうも」と呟《つぶや》く。

私が根に持っていたわけじゃないとわかり、ほっとしたみたいね。

（……けれど、これだと私が色ボケした女みたいじゃない⁉）

新世の好みのタイプは、誰にでも優しい明るく元気で純粋な子。

それに比べて、今のやり取りをした私はどう考えても不純な子。

今は目の前に新世好みの天羽さんがいて、私は嫌でも比べられてしまう。

……新世の私への好感度が下がっていないといいのだけれど……

もっと他の言い方をするように、気をつけないといけないわね。

「怜奈ちゃんもデリカシーのないことを言われたら、ちゃんと怒った方がいいよ」

「別に私は、新世に無神経なことを言われたところで、聞き流しているから大丈夫よ」

余裕な大人の女性を目指す私は、少しのことでは怒らないように心がけている。

あの日の夜、新世が寝ている隙に、こっそり起きて体重計に乗ったりもしたけれど。

全然、気にしてなんかいないわ。

あの日から、新世と会う前には何も食べないようにしたけれど、深い意味はない。

運動する習慣をつけて、二キロ近く減量もしたけれど、決して好きな人に重いと言われたことがショックでダイエットを始めたわけでは——

「……もしかしたら私、新世に重いと言われたことが、かなりショックだったのかもしれないわね……」

気に留めないようにしていた本音が、私の口からポロリと零《こぼ》れた。

「新くん！　今すぐ怜奈ちゃんに謝って！」

「ほんっとうにごめん怜奈！」

青ざめた顔をした新世が、先程よりも深く頭を下げてくる。

私は慌てて、新世の顔を上げさせた。

「そんな、謝らなくていいのよ。私も時々、新世に酷《ひど》いことを言うもの」

「……いつ言われたたっけ？」

どうやら、新世は身に覚えがないみたいね。

以前、家に泊まった新世が、あまり私を求めてくれなくて寂しい日があった。

その時、女の私より体力がないなんてだらしのない男と、つい挑発してしまったのよね。

結果的には、挑発に乗った新世が私に構ってくれて、幸せだったのだけれど……

「わ、忘れているのなら、無理に思い出さなくてもいいわ」

そんな不純なエピソードを話せば、また私の好感度が下がってしまう。

いけないいけないない、危なかったわ。

「怜奈がそう言うんなら、構わないか……」

「でもね怜奈ちゃん、あんまり新くんを甘やかしたらダメだよ？」

天羽さんがそうアドバイスをくれる。

「……結衣の言う通り、僕は怜奈の優しさに甘えてばかりなのかもしれないな」

莉愛さんとの一件が脳裏をよぎったのか、新世は申し訳なさそうな顔をする。

新世は自分の犯した過ちを忘れられず、失敗を責め続けてしまう性分なのよね。

そんな人だから、せめて私は彼の負担にならないようにしないといけないわ。

「確かに、新世は私に甘えてばかりよね」

私は新世にもたれかかって、意地悪な笑みを浮かべる。

「……僕って、本当に情けな――」

「でも、私も新世に甘えさせてもらっているから、お互い様よね？」

俯《うつむ》きかけていた新世の顔が、私の言葉でこちらを向いた。

至近距離で視線が合い、私は上目遣いで新世を見つめ返す。

「……二人って、いつもそんなふうにイチャイチャしてるのかな？」

私と新世を見比べた天羽さんが、どこか冷たい目をして聞いてくる。

「まあ、そんなところかしらね」

私は勝ち誇ったようにして答えた。

やはり、新世の正妻は私だけなのよね。

「……そっか。まるで、昔の――」

天羽さんが何かを言いかけた時、ちょうど電車が駅に着いた。

私たちは会話を中断して席を立ち、ホームへ降りた。

ここで私は旭岡宅に泊まる天羽さんたちと別れ、ひとりで家へ帰ることになる。

「じゃあ、今日は応援に来てくれてありがとう怜奈」

別れ際に、新世が改めてお礼を言ってきた。

「ふふっ、新世がサッカーする姿はとてもカッコよかったわよ」

「ど、どうも……」

新世は照れくさそうに頬《ほお》を掻《か》く。

「怜奈ちゃん、今日は会えて嬉しかったよ。また今度会う機会があったら、一緒に遊びたいな」

「ええ、私もよ」

新世と同じ屋根の下に天羽さんが泊まることを心配していたけれど大丈夫そうね。

天羽さんは小鳥遊さんみたいに、ちょっかいをかける子ではなさそうだもの。

それに新世に甘えられるのも、イチャイチャできる相手も私だけ。

いくら天羽さんが新世好みの女性でも、私たちの仲を脅かす存在にはならない。

そんなことを考えていると、新世の携帯が突然鳴った。

「……あ、悪い。なんかサッカー部の顧問から電話がかかってきたから、結衣はここで待っていてくれ」

新世はそう言い残すと、電話に出ながら人気《ひとけ》のない場所へ向かっていった。

ちょうど立ち去るタイミングを逃した私は、天羽さんと気まずい雰囲気になった。

「い、行っちゃったね新くん」

「……そういえば、ひとつだけ気になっていたのだけれど」

「ん、何かな？」

「さっき、天羽さんは何を言いかけたのかしら？　まるで、昔の……と言ったわよね？」

「ああ、それかあ」

天羽さんはくすりと笑うと、

「私と新くんも、昔はいつもイチャイチャしてたなあって思い出したの。だから、まるで昔の私たちみたいだねって言おうとしたんだよ」

聞き捨てならないセリフを、さらりと言ってのけた。

六章

幼なじみ襲来

「……どうして結衣《ゆい》ちゃんだけではなく、兄さんの彼女さんまでいるんですか？」

自宅で僕らを出迎えた美織《みおり》は、怪訝《けげん》な顔で眉を顰《ひそ》めた。

僕の隣には、さも当然のように怜奈《れいな》がいたからだ。

「お邪魔するわね美織さん」

駅に到着して顧問からの電話に出て戻ると、急に怜奈が『私も新世《しんせ》の家に泊まりたいわ』と駄々《だだ》をこねた。

結衣を家に泊めておいて怜奈だけ断るわけにもいかないので、僕は渋々承諾した。

もちろん、怜奈が自宅に泊まることを嫌がったわけじゃない。

「お邪魔しないでください。帰ってください」

美織は子犬みたいに歯を剝《む》き出しにして怜奈を威嚇する。

……僕にはこうなる未来が目に見えていた。

僕の友人が自宅に泊まることを、美織が許した前例はない。

それこそ、許した相手といえば、

「まあまあ美織ちゃん。そんなに怒んなくても」

美織を必死に宥《なだ》めている結衣ぐらいだ。

「結衣ちゃんは兄さんに甘すぎます。異性を自宅に泊めるなんて、簡単に許したらダメですよ」

「私も一応、異性なんだけどなあ……？」

「結衣ちゃんは特別ですから！」

そう言って、美織は滅多《めった》に見せない笑顔で結衣に抱きついた。

怜奈は普段の排他的な美織との違いに驚いているのか、目を丸くしている。

自分があれだけ冷たくされたから、なおさら意外に思っているんだろうな。

でも僕と二人きりの時の怜奈を他人が見れば、同じような反応になるだろうけど。

「美織ちゃんも大きくなったのに、まだまだお子様だねえ」

「お子様じゃないですし、そんなに大きくなってないもん！」

「ほんとかなあ～？」

結衣は密着した美織のボディラインに手を回して、大きさを確認しながら言う。

「きゃっ、やめてくださいよ結衣ちゃん！」

美織はくすぐったそうな声を漏らしながら、頰《ほ》っぺたを赤くする。

僕からすればまだまだ子供な美織も、少しは成長しているらしい。

結衣は美織の尻を撫《な》で回《まわ》して胸をくっつけ合うので、僕は極力見ないようにした。

「私も新世の特別になるつもりなのだけれど？」

「特別枠を増やすつもりはありません」

「そ、そう……」

さりげなく交ざろうとした怜奈はあえなく拒否される。

それにしても、どうして怜奈は急に僕の家に泊まるなんて言い出したのか。

僕の家に他の女性が泊まることを警戒したのはわかる。

でも、結衣の目的は美織と遊ぶことで僕じゃない。

そもそも僕と結衣はそんな関係でもないのに。

……怜奈の不安がこれで解消されるなら、なんでもいいか。

「そういえば、結衣は美織にお土産《みやげ》があるんじゃないのか？」

「そうだった。いい子にしてた美織ちゃんには、なんとお土産があります」

結衣はカバンから例のプレミアゲームソフトを取り出した。

「じゃじゃーん！　これなーんだ？」

「そっ、それは……!?　まさか、スマッシュバスターズの海外版ソフトですか!?」

美織は目をキラキラと輝かせて、パッケージを手に取る。

ここまでテンションが高くなった美織も珍しい。

「これ、貰《もら》ってもいいんですか？」

「もちろんだよ」

「嬉《うれ》しい……大好きです結衣ちゃん！」

「早速、このゲームで遊ぼっか？」

美織はこくこくと頷《うなず》く。

二人とも根っからのゲーマーだから、夜中まで遊ぶんだろうな。

「……いいわね、楽しそうで」

隣にいた怜奈は、どこか羨ましそうに呟《つぶや》いた。

怜奈としては、折角《せっかく》の美織と仲良くなるチャンスを逃したくはないだろうけど。

この二人の仲に割って入るのは、僕にもできないからな。

僕は練習試合で疲れているし、夜は怜奈とゆっくり過ごすとするか。

「それなら怜奈は、僕と一緒に――」

「怜奈ちゃんも私たちと一緒に遊ぼうよ」

結衣が無邪気に笑いながら、怜奈を誘った。

怜奈は戸惑うように、瞬《まばた》きを繰り返した。

「……いいのかしら？　私が交ざっても」

「そんなの当たり前だよ。むしろ、どうして怜奈ちゃんは躊躇《ちゆうちよ》してる感じなのかな？」

「それは……」

それはうちの妹が、今も口を歪《ゆが》めて怜奈のことを見ているからですかね。

「私はこの機会に怜奈ちゃんと仲良くなりたいんだけど、嫌だった？」

「……嫌ではないわ」

「本当に？　だったら、嬉しいなあ」

結衣はほっとしたように胸を撫で下ろす。

一方、あまり嬉しくなさそうな美織は何か文句を言いたそうな顔をしていた。

「あの、結衣ちゃん……」

「美織ちゃんもそろそろ人見知りを治さないとだからね」

「……うう、わかってますけど……」

他人との交流を拒む美織にも、現状のままだといけないと思ってはいるらしい。

結衣に諭された美織は「初心者相手でも手加減はしませんよ」と怜奈に挨拶をした。

僕だとこんな展開にはできないけど、結衣がいれば自然と人が集まるんだよな。

結衣を通して、怜奈と美織が仲良くなってくれればいいな。

「よっし、ついに僕のゲームセンスの良さを怜奈に見せる時が来たな」

「兄さんは私たちの夕飯をひとりで作っていてください」

「……はい」


美織に命令され、僕はひとり寂しくキッチンに立った。

僕が部活で疲れているとか、暴君の美織には関係のないことだ。

それに、あくまで客の怜奈と結衣に晩飯を作らせるわけにもいかないしな。

「四人分の材料なんて……ちょうどあるな」

そういえば、元々は両親が帰ってくる想定で人数分の食材を買い出ししていたんだった。

調理の方は母さんと分担するつもりだったけどな。

それにしても、なんだかんだ怜奈だけは僕の手伝いに来てくれると思ってたのに。

結衣に誘われた手前、こっちに来づらかったのか。

それとも美織と仲良くなるチャンスを逃したくなかったのか。

「この前、女子会に参加してみたいとか怜奈は言ってたし、いい機会なんだろうな」

三人の様子が気になりつつも、僕は調理を始めた。

順調に料理を作っていく中、時折美織と結衣が出す大きな声が耳に届いた。

その中に怜奈の声が混ざっていなくて、うまくやっているのか少し不安になる。

学校での怜奈は、同世代の女子より大人びていて、どこか浮いている。

美織と結衣は子供だし、大人な怜奈が二人のノリについていけるかどうか……

怜奈は滅多に騒がないタイプだから、声だけだと判断がつかないんだけど。

「――くんくんくん、なんだかいいニオイがするなあ～」

「あ、結衣」

お腹《なか》が空《す》いたのか、結衣が美織の部屋から抜け出して、僕のもとへ来た。

ちょうどいい、結衣に怜奈の様子を聞いてみるとするか。

いや、それはそれで変だな。俺は怜奈の保護者じゃないんだから。

どちらかといえば、立場は逆だし。でも、やっぱり気になるな……

「あはは。そんなに心配しなくても、怜奈ちゃんは美織ちゃんと仲良く遊んでるよ」

「……まだ僕は何も言っていないんだけど？」

「あれ？　そうだったかな」

結衣は指についたソースをぺろりと舐《な》めながら、おかしそうに首を傾《かし》げた。

……ん？　指についたソース……？

「お前、何さらっとつまみ食いしてるんだ……？」

いつの間にか、皿に盛り付けていたソースのついたトンカツがひとつ消えていた。

「つ、つまみ食いなんて、人聞きが悪いなあ……」

結衣はあせあせと両手を振って、言い訳を考えてるのか僕から目を逸《そ》らす。

しかし、よく見ると結衣の唇にも僅かにソースがついていた。

僕は証拠を押さえたと言わんばかりに、結衣の唇についたソースを親指で拭い取った。

「んっ……」

ぷにっとした柔らかな弾力がして、結衣は恥ずかしそうに頬《ほお》を赤らめる。

そんな結衣に、僕は証拠のソースを見せつけた。

「つまみ食いがバレて恥ずかしいなら、最初からしないことだな」

結衣が気まずそうに俯《うつむ》く。

僕はそんな結衣を尻目に流し台で手についたソースを洗う。

「……ち、違うもん……」

つまみ食いしておいて、違うってなんだよ。

まるで子供みたいなことを言い始める結衣に、僕は呆《あき》れてため息が出た。

怜奈を誘って、美織に人見知りを治そうと提案する姿は、頼もしく思ったのに。

こういうところは、相変わらず子供っぽいままだな。

そんな結衣は何か気になることでもあるのか、しきりに唇を触っている。

「もうソースはついてないぞ？」

「あっ……そ、そうだ。新くんも食べなよ。これすごく美味《おい》しいよ」

結衣は取り繕うように、箸でトンカツを僕の口元に運んできた。

「僕が作ったんだけどな……？」

「はい、あ～ん」

有無を言わさず、結衣に小さくカットしたトンカツを口の中に放り込まれる。

「どうかな新くん？　美味しい？」

「本来、僕が聞くはずなんだけどな……？」

「えへへ、そうだね」

ともかく、晩飯の用意も済んだことだし、二人を呼ぶとするか。

「結衣、怜奈たちを呼びに行ってくれ」

「うん、わかった」

僕の頼みで、キッチンを離れた結衣が部屋の角を曲がって廊下に出ようとすると、

「れ、怜奈ちゃん⁉ いつからそこにいたの⁉」

どうやら、ちょうど怜奈と鉢合わせたらしく、結衣が素っ頓狂な声を上げた。

「……ついさっきよ」

「そ、そっか……」

さては、怜奈も結衣と同じでいい匂いに釣られて来たんだな。

あるいは美織にゲームでボコボコにされて、たまらず逃げてきたのか。

美織を呼びに部屋へいく結衣と入れ違いで、怜奈がキッチンに来た。

「怜奈、皿をテーブルまで運ぶのを手伝ってくれ」

「……わかったわ」

何故《なぜ》か沈んだ声の怜奈は、何も言わずに皿を取りに近寄った。

しかし怜奈は一旦は皿を取ろうとした手を止めて、僕に目線を合わせてきた。

「ねえ新世、天羽《あもう》さんと何を話していたのかしら？」

「何って……特に何も」

強いて言うなら、結衣がつまみ食いしたことを咎《とが》めたぐらいだ。

「特に何も……ね。ところで新世、顔にソースがついているわよ？」

「えっ、どこに？」

僕が自分の顔を触るよりも先に、怜奈が僕の唇を親指で拭った。

「……最初から見てたんだな」

「ええ、まあね」

怜奈は澄ました顔で、指先についたソースを舐《な》める。

「それにしても二人とも、とっても仲がいいのね。側《そば》で見ていて……妬《や》いてしまうほどに」

どうやら女子会の方は、主に美織と結衣とで和気藹々《わきあいあい》と遊んでいたらしい。

「まあ、美織にとって唯一の友達が結衣だからな」

「……私が言っているのは」

「兄さん！　この匂いはもしかしてトンカツですか!?」

怜奈が何かを言いかけたその時、結衣が呼んできた美織がテンション高めで現れた。

美織と母さんが無類のトンカツ好きだから、今日の献立にしたんだよな。

肝心の母さんは結局帰ってこなかったけど。

好きな食べ物を出して、母さんたちの機嫌を良くする必要がなくなったからいいか。

「ふふっ、美織さんも可愛《かわい》らしいところがあるのね」

あれほど自分に冷たかった美織がご機嫌なのが面白いのか、怜奈はくすりと笑う。

「兄さん、早く食べましょう！」

僕は美織に背中を押され、席に着いた。


夕飯は結衣が喋《しゃべ》り倒して賑《にぎ》やかなものだった。

普段は美織と二人っきりで静かだから、たまにはこういうのもいいな。

食事を終えて、ひとりで食器を片付けようとしていたら、怜奈がやってきた。

「私も手伝うわ」

「おお、ありがとう」

本当なら美織に手伝わせたいところだけど、やっぱり怜奈は気が利くなあ。

美織の奴《やつ》、食べ終わったら逃げるように部屋へ戻ったからな。

結衣は先に風呂に入ったし。

僕らはキッチンに並んで立って、手分けして食器を洗っていく。

「……ねえ新世、天羽さんとはどれぐらい仲がいいのかしら？」

怜奈は唐突にそう聞いてきた。そして非常に答えに困る質問だな。

僕の方は友達だと思っていても、向こうはそこまで……ってパターンもある。

そもそも俺ら、友達だったっけ？　と真顔で返されることも。

入学初期に適当なグループに入っていると、関係の薄かった相手に言われがちだ。

でもまあ、結衣は帰国したら真っ先に、僕へ会いに来るぐらいだからな。

「そうだな……遠く離れていても、お互いに忘れられない仲ってところかな」

それぐらい僕にとって結衣の存在は大きい。

なにしろ、家族以外だと結衣が一番付き合いが長いからな。

かれこれ十年近い付き合いで、なんだかんだで交流があるのは結衣ぐらいだ。

「そ、そう……お互いに忘れられないぐらい、特別な仲なのね」

怜奈は何を驚いているのか、声を上擦らせた。

「んー！　さっぱりした～！」

噂《うわさ》をしていると、結衣が風呂から出てきた。

「あっ、ごめんね。二人に片付けを任せちゃって」

申し訳なさそうに結衣は言う。

「結衣は客人だから気にしなくていい」

「ほんとお？　やっぱり新くんは優しいね、ありがとう～！」

「ただ……どうしてお前は、勝手に僕の服を着ているんだ？」

僕は結衣に近づくと、彼女が着ていたパジャマを指差した。

「どう、似合うかなあ？」

結衣は悪びれる様子もなく、両腕を広げて見せた。

その拍子に胸元のボタンがひとつ弾《はじ》け飛び、白い谷間が露《あらわ》になる。

「……私も胸が大きくなったから、もう新くんの服は合わなくなっちゃったみたい」

「サイズが合わないのに着るなよ。自分の服はないのか？」

「あるよ」

「じゃあ、わざわざ僕の服を着なくてもいいだろ」

「えへへっ、つい懐かしくなっちゃって。美織ちゃんの服なら、私にも合うかなあ？」

どちらにしろ胸元が窮屈になると思うぞ、とは口に出さない。

「私ですら……彼シャツしたことはないのに……」

僕の隣で、怜奈が何やら小声でぼそっと呟《つぶや》いた。

「何をぶつぶつ言ってるんだ怜奈？」

「……いいえ、なんでもないわ。それより、次は私がお湯をいただくわね」

「ん、どうぞどうぞ」

風呂に入る怜奈と交代で結衣が僕の手伝いをしてくれて、後で美織と合流した。

美織の部屋で、格闘ゲームのスマバスを三人でプレイする。

「ほらほら兄さん、足元がお留守ですよ？」

「くっ、小足連打やめろよ！」

「足元ばかりに注意を向けていると……ほら捕まえました！」

「やめろ、その手を放せ！」

「兄さんは絶対に放しません！」

美織は初心者の僕にも容赦がなくて、ボッコボコにされた。

血も涙もない妹だ。

「……そういえば、怜奈は着替えを持ってきてないよな？」

そろそろ怜奈が風呂から上がりそうなタイミングで、僕はふと気がついた。

今ごろ、着替えがなくて、脱衣所で困っているかもしれない。

美織達がいなければ、怜奈はバスタオル一枚だけ巻いて出てくるだろうけど。

仕方ない。結衣がしたみたいに、僕の着替えでも持っていくか。

そう思って立ち上がったところで、ちょうど怜奈が部屋に入ってきた。

「新世、あなたの服を借りたから」

怜奈も結衣と同じ思考回路だったらしい。

思い返すと、怜奈が僕の服を着たことはなかったな。

だから、どこか新鮮に感じた。

「……新世の服を借りてもいいのは、私だけなんだから」

怜奈がそんなことを呟いたような気がした。


それからしばらくは、四人でパーティゲームをやって時間を潰した。

そこで僕はゲーム内でのチーム分けを、美織と怜奈、僕と結衣に分けたわけだが……

「どうして新世は私とチームを組んでくれないのかしら？　ねえ、なんで？　私がゲーム初心者で、足手纏《あしでまと》いだからなのかしら？」

怜奈が子供みたいに拗《す》ねてしまった。

縋《すが》るように僕の服を摑《つか》んでくる。

「怜奈は美織と仲良くなりたいんだろ？　僕は気を遣っただけだ」

僕は美織に聞こえないよう怜奈に耳打ちした。

「そんなことを言って、どうせ新世は天羽さんと……」

「結衣となんだよ？」

「ふんっ、なんでもないわ」

「おいおい、別チームにしただけで拗ねるなよ……」

「ねえねえ新くん。私、せっかくだから怜奈ちゃんとチームが組みたいな」

僕が怜奈に手を焼いていると、結衣がそう提案してきた。

「いや、でも……怜奈は僕と組みたいらしくてさ」

「……新世と天羽さんが組まないのであれば、私は誰と組んでも構わないわよ」

「えっ、そうなのか？　じゃあ、怜奈と結衣のペアでやるか」

まあチームが敵同士でも、ゲームを通して交流を深めることはできるからな。

……美織が手加減をすればだけど。

「ちょっ……美織さん⁉　あなた強すぎないかしら⁉」

「ふふんっ、初心者だからって手加減しませんよ。ましてや兄さんの彼女さんなんて！」

「私が復帰した途端に倒される……これ、ゲームシステムの欠陥よ！」

「リスキルされるのを回避するのもテクニックのひとつですよ。あ、初心者さんには難しかったですか？」

「くうっ……！　義姉の私を煽《あお》るだなんて……なんて口の利き方なの⁉」

「いやいや、なに勝手に私の姉を名乗ってるんですか⁉」

リアルファイトが始まりそうなぐらい互いにヒートアップしてる。

僕と結衣は苦笑いしながら二人のやり取りを眺めていた。

こうしていると、まるで仲のいい姉妹みたいだ。

「それにしても、普段はクールな怜奈も、ゲームで負けたら熱くなるんだな」

「……私、今大人っぽくなかったかしら？」

怜奈はハッとしたように僕の方を見た。

文字通りにお顔真っ赤だ。耳まで赤くなっている。

「かなり子供っぽかったな。むしろ年相応って感じだけど」

「……こほん、ゲームなんて所詮はお子様がやるものだわ。ムキになる人の気がしれないわね」

「今さら取り繕っても、もう遅いからな……？」

盛り上がったゲーム大会も終わり、僕らは寝ることにした。

しかし、ここでひとつ問題が生じた。

「僕と美織の部屋にベッドが一台ずつ、あとは両親の寝室にダブルベッドがあるんだけど……誰がどこで寝る？」

人数分のベッドはあるけど、どのベッドを誰が使うかが問題だ。

「話し合う必要があるのかしら？　私と新世でダブルベッドを使えばいいわ」

平然とした顔で怜奈は言う。

「そんなのダメに決まってます！　私の親のベッドを彼女さんには使わせません！」

「あら、私にとっても親のようなものなのだけれど？」

「誰が義父母ですか！　私は絶対に認めませんからね！」

僕としても両親のベッドで彼女と寝るのは後ろめたくて、できれば遠慮したい。

両親に怜奈と寝たのがバレたら、後でなんて言われるか……

「昔みたいに私と新くんが一緒に寝ればいいんだよ。これで万事解決！」

「天羽さんは彼女の私がいる前で、一体何を言っているのかしら？　確認なのだけれど、それ天然で言ってるのよね？」

「じょ、冗談だよ怜奈ちゃん……顔近いなー……」

怜奈に詰められて、結衣はしどろもどろになって冷や汗をかいている。

結衣も怖いもの知らずだな。

「それなら、結衣と美織がダブルベッドで寝るしかないな」

「……兄さん、その場合は誰が私のベッドで寝るんですか？」

「そりゃあ、怜奈だろ」

「私、彼女さんに自分のベッドを使われたくないです」

「角が立つ言い方だな……仕方ない、僕が美織のベッドを使うか」

「え、もっと嫌なんですけど」

「じゃあ誰なら使っていいんだよ!?」

美織が自分のベッドを他人に使わせたくないなら、もう僕のベッドか両親のベッドしか残ってない。

「……仕方ないですね。彼女さんが兄さんと一緒に寝ない場合に限り、両親のベッドを使ってもいいですよ」

「あら、意外と早く認めてもらえたわね」

「認めてません！」

この二人、なんだかんだで仲がいいんじゃないか？

仲が悪すぎて、逆にそんな気がしてきた。

「そうなると、私と怜奈ちゃんが一緒に寝ることになりそうかな」

「新世と一緒に寝たかったけれど……そうするしかなさそうね」

「えへへ怜奈ちゃん、二人で恋バナしようね。今夜は寝かせないよ～？」

「あ、やっぱり私はひとりで静かに寝たいわ」

擦り寄ってきた結衣を怜奈は突き放した。

結衣がガーンという表情をする。

「全員が我儘《わがまま》言うなよ⁉　いつまで経《た》っても振り分けが決まらないだろ⁉」

「私、できれば新世のベッドで寝たいわ」

「はあ……わかった、もう怜奈は僕のベッドで寝ればいいよ……」

「私、新世の匂いが染み付いたベッドでちゃんと寝られるかしら……？」

怜奈は少し興奮気味に言う。

それは僕の知ったことではないんだよな。

「でもそうなると、私と新くんがダブルベッドで寝ることになるよ？　美織ちゃんは自分のベッドで寝たいみたいだし、それでいいの怜奈ちゃん？」

「うっ……それは大問題ね。どうすればいいのかしら……？」

大人しく怜奈が結衣と寝てくれれば解決するんだけどな。

僕が困り果てていると、結衣が閃《ひらめ》いたように指を鳴らした。

「私が美織ちゃんのベッドで寝るのはダメなのかな？」

「それは別に構わないですけれど……」

「じゃあさ、美織ちゃんのベッドを私が、新くんのベッドで怜奈ちゃんが寝て、兄妹《きょうだい》でダブルベッドを使えばいいんだよ」

その発想はなかった。確かにそれで解決だ。

だが、ここで美織が異議を申し立てる。

「わっ、私が兄さんと一緒に寝る!?　結衣ちゃん、変な冗談言わないでください！」

「あれ？　美織ちゃん、兄妹なのに新くんと一緒に寝るのも嫌なの？」

「あっ……当たり前じゃないですか！　誰が兄さんなんかと！」

ふんっと言って美織は顔を背けた。

「でも美織、ホラゲーが怖くて眠れなくなったとか言って、何度か夜中に僕のベッドの中に……」

「あーっ！　なに余計なこと口走っちゃってるんですか兄さん!?」

七章　勝負の夏前

「新くん朝だよ！　起きて～！」

翌朝、僕は鼓膜を突き破るような結衣《ゆい》の大声で起こされた。

上半身を起こすと、寝違えたのか首が痛いことに気がつく。

これも全部、僕だけリビングのソファで寝させられたからだ。

昨晩、美織《みおり》は自分のベッド、怜奈《れいな》は僕のベッド、結衣がダブルベッドを使った。

あの後、ダブルベッドで誰が一緒に寝るか決まらなかったのだ。

「結衣……今何時だ？」

「もうすぐ九時だよ」

「やべっ、朝飯作らないと」

僕がソファから立ち上がろうとすると、結衣が手を前に突き出して制した。

「新くんには昨日お世話になったから、今日の朝ご飯は私が作ってあげるよ」

「……結衣、お前料理できたっけ？」

「失礼な！　私だって簡単な料理ぐらい多分作れるもん！」

「多分で料理は作れないぞ」

結衣は作る気満々らしいが、どう考えても怪しい。

僕は呆《あき》れてため息を吐《つ》いた。

「僕がキッチンに立つしかなさそうだな」

「だ、大丈夫だよ！　怜奈ちゃんが手伝ってくれるから」

結衣がキッチンを指差すと、そこには朝食の用意をしている怜奈の後ろ姿があった。

僕が起きたことに気がついた怜奈は振り返ると、おはようと声をかけてきた。

「怜奈がいるなら安心か……」

「むっ、私だけだと不安ってことなのかな？」

「うん。結衣に任せたら黒焦げの料理が出てくる未来が見える」

「そこまで言うなら、私が料理できるってとこ、ちゃんと見ていてほしいな」

結衣は僕の手を摑《つか》むと、キッチンまで引っ張っていく。

キッチンにはいくつかの野菜が水洗いされて並べられていた。

サラダを作る準備を怜奈がしてくれたらしい。

「天羽《あもう》さんの作る料理は新世《しんせ》の胃袋を掴むことができる程のものなのか……お手並み拝見といこうかしら」

　怜奈は結衣の助手に徹するつもりだな。

「さて、ひとまずは野菜を切ってもらえるかしら」

「わかった！」

　結衣はピーマンを手に取ると、何故《なぜ》かそのまま怜奈に手渡した。

「え、私に切れってことなのかしら？」

「ううん、違うよ。新くんはピーマン苦手だから、サラダの中には入れられないの」

　あとこれもこれも……と、結衣はいくつかの野菜を怜奈に渡す。

「これ全部、冷蔵庫に戻してもらえるかな怜奈ちゃん」

「嘘《うそ》、こんなに……新世には苦手なものがあったの？」

　怜奈は結衣に選別された野菜を抱えながら、信じられないといった顔をした。

「……私は、新世が嫌いな食べ物を全く知らなかったのね。彼女なのに……」

「新くんって、意外と好き嫌いが多いんだよ」

　結衣は困っちゃうよねと苦笑いする。

「確かに結衣が選んだ野菜は僕が苦手な物ばかりだけど、別に食べられなくもない。そもそも、その中には結衣が大嫌いで食べたくない野菜も入ってるだろ」

「そ、そんなわけないよ。さりげなく、自分の嫌いな野菜ものけちゃおうなんて思ってないもん」

「じゃあ僕はトマトが嫌いだけど食べられなくもないから、サラダの中に入れてもらおうかな」

僕は怜奈が抱えているトマトを戻そうとする。

すると、結衣が僕の手を両手で止めた。

「美織ちゃんがトマト嫌いかもしれないから、サラダに入れるのはちょっと……ね？」

「嫌いかもしれないってなんだよ。いい加減に野菜嫌いを治せ、結衣」

「トマトだけは嫌なのに！　新くんの意地悪！」

「優しさと捉えてほしいな」

僕と結衣がトマトをサラダに入れる入れないの争いをしている間、怜奈は抱えた野菜をじっと見つめていた。

結局、トマト入りのサラダが完成した。

「う、うぇえ……トマトの味がするよお……」

「結衣ちゃんの野菜嫌いも相変わらずですね」

サラダを口にして渋い顔をする結衣を見て、朝食の匂いに釣られて起きてきた美織がけらけらと笑う。

ちなみに結衣が作ったのはサラダだけで、他の料理は僕と怜奈で作った。

「結衣、今日はこの後どうするんだ？　お爺《じい》さんの家に帰るのか？」

「そのつもりだけど……その前に、久しぶりに帰ってきたから街中を見て回りたいな」

「去年も僕と散々歩き回っただろ」

「でも一年見ないうちに、街並みはいろいろと変わってるんだもん。去年は工事中だったショッピングモールが完成してオープンしてるみたいだし、近所にあったコンビニはなくなっちゃってたし」

ずっと暮らしているとあまり意識しないけど、確かに一年で結構変化があるな。

「それにね、実は美織ちゃんと明日のお祭りに行く約束をしたんだ。だから私、浴衣《ゆかた》を買いに行きたいの」

「浴衣を買いに？　近所に売ってる場所なんてあったかな……」

「その新しくできたショッピングモールの中に、浴衣専門店があるみたいだよ」

結衣はスマホを操作して、画面に店の情報を表示させた。

この季節には、格安の浴衣を販売しているらしい。

「ここにずっと住んでるのに、私の方が詳しいみたいだね新くん」

「らしいな」

怜奈とデートする時にそのショッピングモールには何度か行ったけど、テナントに何の店が入ってるかまでは把握してない。

把握していても、いつの間にか別の店に変わってたなんて、よくある話だしな。

「じゃあ、みんなで買い物に行くか」

僕は怜奈と美織に向けて提案した。

「私はパスです。極力、外を出歩きたくないので」

「そう言うと思った……」

だから美織は空港まで結衣を迎えに来なかったんだしな。

「私は行くわよ。極力、新世から離れたくないもの」

「そう言われるとは思わなかった」

というわけで、昼過ぎに僕ら三人はショッピングモールまで足を運んだ。

夏祭りは明日、結衣と同じ目当てなのか、浴衣専門店は混雑していた。

「新くんは浴衣を買うの？　怜奈ちゃんとお祭りに行くんでしょ？」

「もう買ってあるやつがあるから、僕は買わないよ」

僕はかぶりを振った。

「新世が買わないのなら、私が新しい浴衣を買おうかしら」

「じゃあ、僕が選んでもいいか？」

「ダメよ。当日にお披露目《ひろめ》して、新世にドキッとしてもらいたいもの」

せっかく自分が着てほしい浴衣を怜奈に着てもらえるチャンスだったのに。

僕が肩を落とすと、怜奈はくすっとおかしそうに笑った。

「新世が好きそうな浴衣を選んであげるから、そう落ち込まなくていいわよ」

「……それなら安心だな」

「安心したのなら、新世はどこかで時間を潰していてくれるかしら。私がどんな浴衣を選んだのか知られたくないから」

「でも、ほとんど初対面の二人っきりで買い物なんて、気まずくないか？」

「……それはつまり、新世は一秒でも長い時間を天羽さんと過ごしたい、ということなのかしら？」

怜奈はやけに不機嫌そうに聞いてきた。

「そういうわけじゃないけど……」

「それなら、大人しく私たちを待ってられるわよね？」

「……いや、でも……」

「待ってられるわよね？」

怜奈は目を細めて、にっこりと笑った。無言の圧力を感じる。

「はい」

僕は怜奈と結衣と別れ、ショッピングモール内をひとりで探索することにした。

といっても、ひとりだと特にやることがない。

あの二人が浴衣を選び終わるまで、どれぐらい時間がかかるんだろうか。

一時間もないぐらいなら、映画を見て時間を潰すわけにもいかない。

本屋やゲーセンなどがある一階に降りて、何をしようか悩んでいると、

「……新世、そんなとこで突っ立って何してんの？」

背後から聞き覚えのある怪訝《けげん》そうな声がした。

振り返ると、私服姿の莉愛《りあ》が立っていた。

「何してるんだろうな……」

「なにそれ、意味わかんないんだけど」

「莉愛は何しに来たんだ？」

「私は友達と浴衣を買いに来たの」

莉愛が後ろを親指で差す。

そこには、莉愛の友人二人と勉強会にいた本田《ほんだ》と高橋《たかはし》がいた。

要するに勉強会メンバーで夏祭りに行くらしい。

他の四人は気を利かせたつもりなのか、僕らに何も言わずに横切っていった。

「実は僕も、浴衣を買いに来た怜奈たちの付き添いで来たんだ」

「怜奈たち？　他に誰かいるの？」

「結衣がいる」

「あー、天羽ちゃんね……」

莉愛は去年のことを思い出したのか、口を歪《ゆが》ませた。

莉愛は結衣と面識がある。

「私、あの子が苦手なんだよね。嫌いってわけじゃないんだけど……」

「莉愛は結衣に散々振り回されてたからな」

去年の夏、莉愛は僕が結衣と二人きりで会っていたことを知って、浮気を疑った。

その件については、僕が必死に弁明して誤解は解けた。

そして、僕が結衣と会う時は、莉愛も同行することになった。

三人で今日みたいに街を回っている間、結衣は莉愛を連れ回した。

無尽蔵に動き回る結衣に付き合わされた莉愛は、最後にはへとへとになっていた。

莉愛はその時のことを思い出したんだろう。

「振り回されたのもあったけど、あの時はなんというか……」

「なんというか、なんだよ？」

「……天羽ちゃんって、新世と一番付き合いの長い女の子なわけじゃん。だから、新世の好みとか私より知っててさ。私が知らない、新世の昔のことも知ってて……」

莉愛は途中で言葉を止めて、唇を噛《か》み締《し》める。

「なんかすっごく悔しかったんだよね。私が新世の彼女なのに、私より天羽ちゃんの方が新世に相応《ふさわ》しい気がして」

「そんな大袈裟《おおげさ》な。あの時の僕を誰よりも知っていてくれたのは、間違いなく莉愛の方だっただろ」

「……それ、言うのが一年遅いから」

「いてっ」

莉愛が頭に軽いチョップをしてきた。

これで許してあげると、暗に言われている気がした。

「と、ところで、莉愛はどこで浴衣を買うんだ？」

ここに来るまでの道中で、結衣が調べた浴衣専門店以外にも、浴衣の販売やレンタルする店がいくつかあることがわかっていた。

やはり夏なので、普段浴衣を取り扱っていない店でも品出しされているらしい。

「そこのお店で買うつもりだけど……なに、天羽ちゃんたちもあのお店にいるの？」

莉愛は警戒したのか、声を潜ませる。

結衣に見つかったら間違いなく、また連れ回されるだろうからな。

時折、結衣は莉愛ちゃんにも会いたいなーとか言ってたし。

「いや、怜奈たちがいるのは三階の専門店だ」

「ふーん、そっか。それで、どうして新世はハブられてるわけ？」

「ひ、人聞きが悪いな。別に僕はハブられてるわけじゃない」

「あっ、もしかして。自分が彼女の浴衣を選ぼうと思ったのに、怜奈さんには当日のお楽しみとか言われた感じ？」

「よくわかったな……」

僕の単純な思考回路は莉愛にはお見通しらしい。

「私は新世に選ばせてあげたけどね」

去年、莉愛の浴衣を選んでいる間、僕はあれこれと悩んだ。

いろんな浴衣を莉愛に試着してもらった記憶がある。

莉愛は何度着替えさせられても嫌な顔ひとつせず、楽しそうに笑っていた。

「そういえば、そうだったな」

「……今年も新世に、私の浴衣を選ばせてあげてもいいけど？」

「えっ、僕が？」

「男目線の意見も取り入れたいし。男友達に浴衣を選んでもらうって、別に普通のことでしょ？」

「そうかもしれないけどさ……」

「心配しなくても、新世を借りてもいいか私の方から怜奈さんに聞いてみるから」

そう言って、莉愛はスマホを操作し始めた。

いつの間に連絡先を交換していたんだ、この二人……

元カノと今カノが何を連絡し合っているのか気になっていると、

『それぐらい構わないけれど、私の新世はあげないわよ』

という、怜奈からの返信が来た。

「相変わらず怜奈さんに溺愛されてるみたいじゃん」

「……らしいな」


莉愛が僕を連れて女友達に合流すると、他の四人は目を丸くして驚いた。

「り、莉愛ちゃん……旭岡《あさひおか》くんとよりを戻したの？」

「違うから！　ただ、友達として浴衣《ゆかた》を選んでもらうだけだから」

「へ、へぇ～……そっかぁ……」

高橋はどこか疑いの目を莉愛に向ける。

……さっさと決めて、僕はどっかに行った方が良さそうだな。

とはいえ、適当に決めるわけにもいかない。

去年散々莉愛を着せ替えた時、ある程度似合う浴衣の傾向は把握していた。

しかし、今年は去年と事情が異なる。

莉愛が黒髪から金髪になって、派手な見た目になっているのだ。

こうなると、比較的大人しい色合いや柄の浴衣は似合わない。

「金髪に似合う浴衣か……」

「……今からでも、黒髪に染め直そっか？」

「いや、金髪の莉愛も可愛《かわい》いから、そのままでいいんじゃないか」

「ふ、ふうん……じゃあ、しばらくは金髪のままでもいいかな……」

莉愛は満更でもなさそうに、いじらしく髪の先をくるくると指で巻いた。

僕はその綺麗《きれい》な金髪と似合う色の浴衣を探す。

「あ、これなんていいんじゃないか？」

僕が選んだのは、白地に向日葵《ひまわり》の柄があしらわれた浴衣だ。

全体的に明るめで活発な印象があって、莉愛にぴったりだ。

「じゃあ試着しよっかな」

莉愛は僕が選んだ浴衣を手にとって、試着室に向かおうと、

「……そういえば、怜奈さんは当日にお披露目するんだっけ」

した足を止めた。

「そうだけど、それがどうした？」

「私もそうする。夏祭りで新世に会うタイミングはあるだろうし」

「今見せてくれないのかよ」

「怜奈さんと違って、選ばせてあげたじゃん」

僕が進んで選びたいってお願いしたわけではないけどな。

でも莉愛が言う通り、どうせ夏祭りでは知り合いに会う機会がある。

「わかった、楽しみにしておくよ。じゃあ、また夏祭りで」

「うん、またね」


僕は莉愛たちと別れ、三階へ向かった。

例の浴衣専門店に向かう道中で、

「あれ、あんなところに翔《しょう》がいる」

女性用の水着売り場の前で翔が突っ立っていた。

翔は真剣な表情でマネキンが着ているビキニを眺めている。

何してるんだこいつ、誰がどう見ても変質者でしかないぞ。

「自分でそのビキニを着るつもりか？」

申し訳ないけど僕は同類と思われたくないので、少し遠くから翔に声をかけた。

「あっ……ちょうどいいところに新世！」

何がちょうどいいところなのかはわからないけど、翔は嬉《うれ》しそうに僕を手招きした。

なんだか嫌な予感がする。というか、前にもこんなことがあったような。

声をかけたことを後悔しながら、僕は翔に近寄った。

「自分が着るビキニを僕に選ばせようとしないでくれよ。頼むから、そういう趣味は隠れてやってくれ。友人としてのお願いだ」

「何言ってんだよ新世？　俺が着るわけないだろ？」

翔は心外だと言わんばかりに顔をしかめる。

あれだけ熱い眼差《まなざ》しをビキニに向けておいて、説得力がないんだけど。

「じゃあ、翔はどうしてここにいるんだ？　あー……遊び相手の女の水着でも選びに来たのか」

「せめて彼女のって言えよ。それじゃあまるで、俺がいつも女遊びしてるみたいじゃねーか」

事実だろと内心つっこむ。

テストが終わってすぐに、女子と遊びに行った性格からして。

「それで、結局どうしてここにいるんだ？」

「そらの水着選びの付き添いで来たんだよ。ほら、あそこ」

翔が指差した方を見ると、そらが悩ましげに水着を選んでいた。

「兄貴も妹の買い物に付き合わされて大変だな」

「いや、俺が無理を言ってそらの買い物についてきたんだ」

「……妹も大変だな。シスコン兄貴に付き纏《まと》われて」

「付き纏うなんて、語弊があるな」

他に言い表すなら、実妹をストーカーする男ってところなんだけど。

年頃のそらが、うんざりするのもわかる。

「それに、やっぱり妹が露出の多い水着を選んだりでもしたら、兄貴としては心配になるだろ」

「水着は露出の多いものだろ」

「いやいや、布面積の話な。そらの奴《やつ》、際どいやつばっか買おうとしてるんだぜ。この夏に好きな人を海に誘って、セクシーな水着で落としてみせる！　って、息巻いてんだから」

僕はぎくっと肩を上下させた。

それこそ昨日、そらに改まって面と向かって告白されたばかりだった。

その事実を翔は知らない。

「へ、へえ……そうなんだ」

「俺はそんなエロい水着を買うのはやめろって止めてるんだけど、そらが聞く耳を持たなくてさ……。それにしても、そらが好きな男って一体誰なんだろうな……」

シスコン兄貴は憂鬱そうに呟《つぶや》く。

「俺、許せねえよ。そらを誑《たぶら》かす男なんて……絶対に俺が泣かせてやる」

翔が僕を泣かせることができるかどうかは、この際置いておく。

とりあえず、その相手が僕だってことはバレないように気をつけないとな。

「じゃ、じゃあ……僕はこれで……」

「おい、待てよ新世」

逃げようとした僕の肩を、翔ががっしりと片手で掴《つか》んだ。

ヤバい、捕まった……

無言で僕が再び歩き出そうとすると、もう片方の手も僕の肩を掴んだ。

「え、なに……？」

「新世に頼みがあるんだ」

「無理、嫌だ」

「聞く前から断るなよ」

「絶対にろくな頼みじゃない」

「一生のお願いだから！」

翔はそう言って、往来でなんと土下座を始めた。

前にも翔が土下座をする光景を見た気がする。

こいつの土下座って羽根のように軽いな。

「こんな人が沢山いるところで、やめろよ」

「じゃあ、俺の頼みを聞いてくれるか……？」

「はあ……わかったよ。何をすればいいんだ？」

僕がそう尋ねると、翔は嬉しそうに笑った。


「旭岡先輩、こんなところで奇遇ですね〜！」

水着売り場の奥へと進むと、僕に気がついたそらが声をかけてきた。

そらが着ている私服は、相変わらずの地雷系ファッションだ。

「……あれ？　よくよく考えれば、女性物の水着売り場で奇遇なんてありえませんよね〜

……もしかして、旭岡先輩ってそういう趣味が……？」

「いや違う。そらがいるのが見えたから、ここまで来たんだ」

僕は即座に否定した。変質者と間違われるのは勘弁だ。

「あははっ、冗談ですよ。本当はお兄ちゃんに、私の様子を見てくるように言われたんですよね～？」

「……僕は翔に会ってないぞ。翔はどこにいるんだ？」

「あれ？　さっきまで、そこにいたのに……私が相手にしなかったから、拗《す》ねて帰っちゃったんですかね～。荷物持ちに利用するつもりだったのに」

そらは腕を組んで、眉間に皺《しわ》を寄せた。

実際には、翔は僕にある頼み事をすると、後は任せたと言ってどこかへ行った。

去り際に、ここに来るまでに何人か可愛い子を見かけたとか言っていたから、多分ナンパしにでも行ったんだろう。

ちなみに翔からの頼み事は、そらに露出の少ない水着を買わせろという命令。

例によって、自分の言うことをそらは聞かないけど、慕っている僕の提案なら聞くはずだと考えたらしい。

もちろん翔本人の願望だとそらにバレれば、無視される可能性がある。

なので、自分は関与していないという体《てい》でということだ。

それにしても、露出の少ない水着って言われてもな……

具体的にはどんな水着をと聞き返したら、翔は例のビキニを指差した。

『この可愛い水着なんて、絶対にそらに似合うと思ったんだ』

そんなことを爽やかな笑顔で言うんだもんな。

実妹が着るのを想像しながら、あんな真剣な顔をしていたというわけだ。

あいつ本当に、そらの為《ため》にも小鳥遊《たかなし》家から追い出された方がいいんじゃないか？

それにしても、どう自然に誘導すれば、そらに翔が望むような水着を買わせることができるのか。

本当に面倒《めんど》くさいことを頼まれてしまった。

怜奈には、念の為に翔に頼まれたことをラインで報告した。

適当にダサい水着でも選んであげなさいと、怜奈は割と大人げないことを送ってきた。

「旭岡先輩、私この水着を買おうと思ってるんですけど～」

そらの方から水着に関する話題を振ってくれた。

これなら、自然な流れで翔が望むような水着に誘導できるかもしれない。

……いや、そうなると、喜ぶのはあのシスコン兄貴なんだよな……？

それはそれでまずいかもしれない。なんというか、気持ち悪い。

要するに、露出が少ない水着を選べばいいわけだから、僕が選ぶとするか。

「ちょっと旭岡先輩、ちゃんと私の話を聞いてくださいよ～」

僕が考え込んでいると、そらは不満そうに唇を尖《とが》らせた。

「悪い悪い。で、どの水着を買おうと思ってるんだ？」

「これです～」

そう言って、そらが僕に見せてきたのは、極小のマイクロビキニだった。

紐《ひも》に申し訳程度の布がついている感じの水着だ。

「いや、これほとんど紐じゃん！」

どう考えても、大事なところを隠しきれるような代物じゃなかった。

翔が心配する理由もわかった。これだと裸も同然だ。

もし美織が同じ物を着ると言い出せば、僕だって全力で止めるだろう。

「違いますよ～、れっきとした水着です」

「そりゃあ、店頭に並んでいる時点で水着なんだろうけど……」

「……もしかして、旭岡先輩はこういう水着は好きじゃないんですか？」

そらは僕の反応を窺《うかが》うように聞いてきた。

こういう水着も何も、僕はその紐を水着として認めてないんだけど。

「そうだな、僕はあんまりそういう露出の多い水着は好きじゃない」

「水着って、露出するものですよ〜？」

「露出しちゃいけないところまで露出しそうな水着ってことだよ」

「……なるほど、旭岡先輩の好みじゃないってことはわかりました〜……これはやめときますね」

僕を誘惑する目的で、そらは紐を買おうとしてる。

ということは、僕好みじゃなければ意味がないというわけだ。

そらは紐を買うのを断念した。

「こうなったら、旭岡先輩が選んでくださいよ〜」

そらはねだるように擦り寄ってきた。

……あれ？

僕が誘導したわけじゃないのに、何故《なぜ》かそらの水着を僕が選ぶことになった。

逆にそらに誘導された気がするけど、翔からの頼みを達成できるなら好都合だ。

「わかった。僕が選ばせてもらうよ」

僕はいくつか水着を見て、露出の少ないピンク色の水着を選んだ。

これなら翔も文句は言わないだろう。

安直だけど、そらの髪の毛の色とも合ってるし、多分似合うだろう。

「これなんてどうだ？」

「なんかそれ、露出が少なくないですか～？」

「一回露出することから離れような……？」

「まあ、旭岡先輩が選んでくれたので、着てみますけど～」

「え、今着るのか？」

「当然じゃないですか～？　試着したところを、旭岡先輩に見てもらわないと」

そらは僕が選んだ水着を手に取ると、試着室に入った。

するすると衣服が擦れて、どさっと服が落ちる音が聞こえてくる。

「……気まずい」

試着室の前でそらが着替え終わるのを待っている間、他の女性客が試着室の近くを通るたびに、僕は俯《うつむ》いてやり過ごした。

間も無くして、試着室のカーテンが開かれた。

「じゃじゃーん！　どうですか～、旭岡先輩？」

「お、おお……」

僕は思わず感嘆の声を漏らした。

大きなフリルのついた緩い感じのトップスは、白い胸元が強調されている。

股から伸びた瑞々《みずみず》しい太ももが眩《まぶ》しい。

そらの体は細く、くびれていて、まさしく女の子らしいスタイルだった。

「後ろも見てくださ～い」

そう言って、そらは小ぶりなお尻をふりふりと振りながら、後ろを向いた。

パンツはウエスト部分にフリルがついていて、スカートみたいになっている。

「可愛《かわい》いですか？」

「まあ、可愛いな……」

そらのスタイルの良さも相まって、正直目のやり場に困った。

でも、これがスタンダードな水着なので、翔には納得してもらうしかない。

「……でも、私としては、これぐらい露出したいんですよね～」

そらが一瞬僕に悪戯《いたずら》っぽい笑みを見せたかと思えば、パンツの紐に手をかけた。

そのまま、パンツの位置を数センチだけ下げる。

すると、綺麗《きれい》なお尻の割れ目が半分くらい顔を覗《のぞ》かせた。

股上が浅い下着を着ているみたいで、自慢のお尻を見せつけられているようだった。

「なっ……何してるんだよ？」

「自分に似合うように、着こなしてるだけですよ～」

「そ、それもそうか……」

同じ制服でも、人によってどう着るかは自由だ。

莉愛は制服を着崩しているし、逆に怜奈は着崩したりはしていない。

つまり、僕が露出の少ない水着を選んでも、そらが着崩したら意味がなかった。

これだと翔との約束を果たせない。

「もう少し露出を抑えた方がいいんじゃないか……？」

半ケツ状態になったそらから視線を外しながら、僕は考え直すように言う。

「具体的には、どれぐらい露出を減らせばいいんですか～？」

「ちゃんとお尻が隠れるぐらいに……」

「注文があるのなら、旭岡先輩がパンツの位置を調整してくれませんか～？」

そらはパンツの結び目を指でつまんで、ぴろぴろと見せてきた。

完全にそらのペースで、僕は手玉に取られていた。

「そんなことできるわけないだろ」

「じゃあ、これで海に遊びに行きます～」

そうなれば、翔はどう思うだろうか。

もしも美織が半ケツ状態で海に行ったら、僕だって気が気じゃないだろう。

……あ、そういえば運動音痴の美織は泳げないから、海には行かないんだった。

ともかく、妹想《おも》いな翔が不憫《ふびん》な気がしたので、僕は仕方なく頷《うなず》いた。

「わかった、僕が調整してやるよ」

「お願いします～」

そらは前屈《まえかが》みになって、腰を突き出してきた。

なるべくお尻を見ないように僕が紐を掴《つか》もうと、そらの素肌に触れた瞬間、

「ひゃんっ！」

そらがわざとらしく嬌声《きようせい》を上げた。

「変な声出すなよ⁉」

「くすぐったかったんですよ～」

揶揄《からか》われてる……顔が熱くなってきた僕は、平静を保つ為に息を吐いた。

無心になった僕がパンツの位置を戻すと、そらは鏡で後ろを確認した。

「へえ～……全部隠すなんて、旭岡先輩は意外と硬派なんですね～」

「硬派も何もないだろ……ところで、それにするのか？」

「はい、これを買います～」

「じゃあ、僕はもう行くからな」

目的は達成したので、ここに長居する意味はない。

「私が着替え終わるまで待っててくださいよ～」

「別にいいけど……」

僕はそらが着替えるまで、また試着室の前で待つことにした。

また気まずい時間を過ごすことになった。

「あっ、手が滑っちゃった～」

そらの声がしたと思ったら、カーテンの隙間からピンク色のブラジャーが僕の足元に滑り落ちてきた。

「どうしてブラジャーを外してるんだよ⁉」

「水着や下着を試着する時って、パンツは下着の上からですけど、トップスは直《じか》で着ないとサイズ感がわかんないんですよ～」

「へ、へえ……そうなのか……」

男の僕には知る由もない話だった。

てっきり、上下とも下着の上から試着しているのかと。

「……旭岡先輩、感心していないでブラを拾ってくれませんか～？　私、ブラをつけようとして水着を脱いじゃったから、今上半身裸なんです〜」

「拾えって言われてもな……」

友達の妹の下着を手に取ることには、罪悪感を覚える。

かといって、このまま放置にするわけにもいかない。

そらが僕から下着を受け取る為にカーテンの隙間から出した手に、僕は拾い上げたそらの下着を渡そうと――

「……捕まえました〜」

手渡そうとした直後、そらが僕の手首を摑んだ。

「へっ？」

完全に油断していた僕は、そのままそらに試着室の中に引き込まれた。

前のめりに倒れそうになった僕の顔は、そらの胸元で受け止められた。

弾力のある柔らかい肌が当たって、鼻が谷間に埋もれる。

シャッとカーテンを閉め直す音が聞こえた。

「旭岡先輩って、本当に隙だらけですね〜」

そらは愛《いと》おしそうに僕の頭を撫《な》でてくる。

僕はそらの腕の中に抱き込まれていた。

「……怒らないから、僕を放してくれ」

「だめですよ〜！　私、今上半身裸なんですよ〜。先輩を放したら、おっぱい見られちゃうじゃないですか〜」

「一瞬見えたけど、ちゃんと水着は着たままだろ。布の感触もするし」

「……ちえっ、バレちゃいましたか〜」

そらは観念したように、僕を拘束から解いた。

「どうしてこんなことをするんだよ？」

「そんなの、旭岡先輩を揶揄うのが楽しいからに決まってるじゃないですか〜」

そらは楽しそうに笑う。

「っていうのは冗談で……旭岡先輩にもっと近くで見てもらいたかったんです〜」

そらはその場でくるりと回って、僕に水着姿を改めて披露した。

そして、そらはぴったりと僕に体を密着させてくる。

試着室の中は、すっかりそらの香りが充満していた。

「先輩、来週に私と一緒に海に行きましょうよ〜」

そらは上目遣いで懇願してくる。

「悪いけど、それは無理だ」

「……もしかして、私だからダメなんですか？」

そらはうるうると目を潤ませて聞いてきた。

僕のシャツにしがみつくように、ぎゅっと握った。

「ダメも何も……来週は部活で休みがないだろ。マネージャーなのに忘れたのか？」

「……えっ？　そ、そうでしたっけ〜……？」

まだ一年生のそらは、ちゃんと夏休みのスケジュールを確認してないらしい。

「休みがあるのは今週いっぱいまでだぞ」

「そ、そんなあ……今週は全部友達との約束を入れちゃったのに〜！」

「じゃあ、諦めるんだな」

「せっかく水着を選んでもらったのに……もう最悪です〜！」

そらの悲痛な叫びが、店内に響き渡った。


僕が翔から頼まれたことを済ませて、そらと別れた後。

僕は買い物を終えた怜奈たちと合流して、三人で帰路についた。

家に着くと、お爺《じい》さんの家に帰る結衣はキャリーケースに浴衣《ゆかた》をしまった。

　そして、結衣はキャリーケースを引いて玄関先に出る。

「もっと家にいてくれてもいいんですよ、結衣ちゃん」

「ごめんね美織ちゃん。用事があるから、もう帰らないといけないの」

「そうですか……」

　美織は名残惜しそうにする。まだまだ遊び足りないんだろうな。

「どうせ明日の夏祭りで会えるだろ。それに夏休みは長いし、結衣と会える機会は何度でもある」

「そのことなんだけどね新くん。私、明後日にはアメリカへ帰るんだ」

「あ、明後日に⁉　随分と急な話だな……」

　去年結衣が帰ってきた時は、夏休みが終わるまで日本にいた。

　まさか、明後日には帰国するなんて……あまりにも早すぎる。

「だから私がいなくなって、寂《さみ》しがり屋《や》さんな新くんが泣いちゃわないか心配だよ」

「心配には及ばないわ天羽さん。新世には私がいるもの」

　怜奈が自信たっぷりな表情で言う。

「いやいや、新くんの寂しがり屋さんぶりはすごいんだよ。新くんが私の家に泊まる時、いつも一緒のお布団で寝てたもん」

「へ、へえ……私もよく新世と一緒に寝てるけれどね」

「お風呂に入る時も一緒で、新くんと洗いっこしているわよ」

「わ、私だって新世と洗いっこしたなあ」

結衣は子供の頃の話をしてるのに、怜奈はムキになって対抗してる。

美織はやれやれと首を横に振って、ため息を吐《つ》いた。

「そういえば、どっちが長く湯船の中に潜ってられるか、新くんと競争したりもしたよね。懐かしいなあ」

「それはしたことがないわね……」

怜奈は悔しそうに唇を噛《か》み締《し》める。

いい年した高校生はそんな遊びしないからな。

「怜奈ちゃん知ってる？　新くんって、水の中で目を開けてられないんだよ」

「そうなの……？　し、知らなかったわ」

「だから私、新くんが目を閉じてる間にこっそり息継ぎしたりしてたから、絶対に負けなかったんだあ」

結衣は得意げに語る。

「ちょっと待て、その話は僕も知らなかったんだけど⁉　毎回ズルしてたのかよ⁉」

「えへへ、もう時効だもん」

どうりで僕が全敗していたわけか。何年か越しに判明した事実だ。

「でも新くんだって、私とトランプで遊ぶ時、一回だけイカサマしたことがあるよね？」

「な、なんのことだかさっぱり……」

「新くんって嘘《うそ》を吐く時、いつも顎を触る癖があるよね」

僕は無意識に顎に添えた自分の手を見下ろした。

どうやら結衣の指摘は当たっているらしい。

「自分の癖なのに知らなかった……今度から気をつけないと」

「その癖がなくても、新くんが嘘を吐いたら私にはわかるんだけどね」

「嘘吐け」

「嘘吐いてないもん」

じゃあ、どっかのタイミングで結衣に嘘を吐いて、バレるかどうか試してみるか。

でも明後日には帰るんだよな、いつ仕掛けようか悩むな。

「新世が嘘を吐く時は、顎を触る……」

怜奈は俯《うつむ》いて、そんなことを呟《つぶや》いた。

まさか、過去に僕が嘘を吐いていたことがないか、思い返しているのか？

結衣の奴《やつ》、余計なことを怜奈に教えてくれたな。

「他にも新くんの癖は知ってるよ。不満な時、今みたいに右手で左の耳たぶを触ることとか」

「新世のことを、天羽さんは本当によく知ってるのね……」

怜奈は感心したように言う。

これ以上、僕すら把握してない癖を怜奈にバラされたらマズい。

「て、ていうか結衣は、そろそろ家を出なくていいのか？　近くの公園に、お爺さんが車で迎えに来てくれる手筈《てはず》なんだろ？」

「あっ、それもそうだね」

「もうすぐ日も暮れるから、公園まで送っていくよ」

「やった〜！　新くん紳士だね〜！」

結衣は美織と怜奈に「じゃあ、またね」と手を振った。

僕は結衣と一緒に公園まで向かう。

この辺りの道は、子供の頃結衣と何度も通った道だ。

ただの平凡な道なのに、結衣とだといろんなエピソードがある。

あそこの家で飼われている犬によく吠《ほ》えられたとか。

ここに住んでいたお婆《ばあ》ちゃんが、よく飴《あめ》をくれたとか。

そんなたわいもない話をしながら、公園に着いた。

「あれ？　まだお爺ちゃん来てないみたい。道に迷ってるのかな」

「一応、連絡した方がいいんじゃないか？」

「そうした方がよさそうだね」

結衣は鞄《かばん》の中を手で探り始めると、途端に青ざめた顔をした。

「スマホ……なくしちゃったみたい」

「……え、マジで？」

「どど、どうしよう新くん!?」

「お、落ち着けって」

僕はとりあえず、結衣のスマホを鳴らした。

結衣のキャリーケースからも、もちろん鞄からも音は聞こえなかった。

「新くんの家に忘れてきちゃったのかな……？」

「美織に確認してみる」

ラインで美織に聞くと、結衣のスマホは自宅にあったようだ。

怜奈がスマホを届けに来てくれるらしい。

ここまで走って三分もかからないし、すぐに届くな。

「ベンチに座って怜奈を待つとするか。まだ迎えも来てないし」

「うん、そうだね」

僕と結衣は公園のベンチに腰を掛ける。

少し遠くにある砂場では、二人の子供が遊んでいた。

男の子と女の子だったので、なんとなく昔を思い出した。

「……ねえ、覚えてる？　私が昔、このベンチで新くんと約束したこと」

僕と同じように、子供たちが遊ぶ姿を眺めていた結衣がそう聞いてきた。

隣を見ると、結衣は柔らかい笑みを浮かべていた。


新世が結衣を公園まで送りに外へ出た直後のことだ。

「……天羽さんは彼女の私より、新世のことを何でも知ってるのね……」

二人を玄関で見送った怜奈は、結衣と浴衣専門店に行った時のことを思い出す。

怜奈は新世に喜んでもらうために、新世が好きな色と柄に合わせて浴衣を選んだ。

一方で結衣は、どの浴衣を買うか長い時間悩んでいた。

『お悩みのようね、天羽さん』

『えへへ、自分に似合う浴衣がわかんなくて』

結衣は困ったように頬《ほお》を掻《か》いた。

『怜奈ちゃんはすぐに決めたんだね。何か選ぶ基準があるから、早いのかな？』

『私は新世の好みに合わせただけよ』

そう言った怜奈は、自分の発言に違和感を覚えた。

新世の好みに合わせただけ？

新世が嫌いな食べ物も自分は知らなかったのに？

自分はただ、新世のことをわかった気になっているだけなのでは？

『新くんの好みに合わせてかあ。二人ともラブラブだね』

『……ちなみに、もし天羽さんが新世の好みに合わせるとしたら、どんな浴衣を選ぶのかしら？』

怜奈は自分が選んだ浴衣が、新世の好みに合っているのか不安になっていた。

なので、新世の好みを把握している結衣に選ばせてみることにした。

『うーん、その浴衣かなあ』

結衣は迷うことなく即座に選んだ。

怜奈が選んだ浴衣とは、全く違うものだった。

結局、結衣はその時に選んだ浴衣を買うことにした。

新世に喜んでもらいたいからなのか、他の浴衣《ゆかた》が好みじゃなかっただけなのか。

怜奈は聞く気になれなかった。

「天羽さんは新世のこと、どう思っているのかしら……」

結衣に新世への好意がなければ、どれだけ二人の距離が近くても安心できる。

しかし、もしも結衣が新世に想《おも》いを寄せているのなら……

そう考えると、どんよりとした不安が怜奈の心を埋め尽くした。

「新世が私より、天羽さんを選ぶなんてことも……」

「……あの、玄関で独り言をぶつぶつ言うの、気味が悪いのでやめてくれませんか？」

怜奈が振り返ると、怪訝《けげん》な顔をした美織が立っていた。

「……折り入って、美織さんに聞きたいことがあるのだけれど」

「べ、別にいいですけど……変な質問はやめてくださいね」

そう言いながら、美織は身構えた。

「天羽さんと私、どちらが新世の彼女に相応《ふさわ》しいと思うかしら？」

「私の話を聞いてましたか⁉　変な質問はやめてくださいって言いましたよね⁉」

少なくとも妹の美織に聞くことじゃない。

「私にとっては重要な質問だから、こうして聞いているのよ」

「そうらしいですね……」

美織はマイペースな怜奈に呆《あき》れてため息を吐く。

怜奈が落ち込んだ様子だったので思わず声をかけたが、やめておけばよかった。

「結衣ちゃんと双葉さん、どちらが兄さんの彼女に相応しいかなんて、そんなのわかりきっていることとです」

「……そうよね、私より天羽さんの方よね……」

「何を言ってるんですか？　結衣ちゃんが兄さんの彼女に相応しいだなんて、そんなわけないじゃないですか」

「えっ……？」

結衣と仲のいい美織が否定するとは思ってもみなかったので、怜奈は驚いた。

まさか知らないうちに、あの美織が自分を認めてくれていたなんて――

「あ、もちろん双葉さんも兄さんの彼女に相応しくないですよ」

「わ、私もダメなの？　だとすると……莉愛さん？」

「元カノさんでもありません」

「それなら……小鳥遊そらさん？」

「……誰ですか、その人？」

怜奈は困惑した。本命と思われた結衣もダメ。彼女の自分もダメ。

元カノの莉愛もダメ。そらに関しては、美織は認知してすらしていないらしい。

もしかしたら、自分が知らない新世の彼女候補でもいるのだろうか？

戦々恐々としながら、怜奈は口を開く。

「じゃあ、美織さんが思う新世の彼女に相応しい人は……？」

「いませんよ、そんな人」

「……はい？」

怜奈は耳を疑った。

「いるわけないじゃないですか兄さんに相応しい女性なんて。いたら私が困ります」

「み、美織さんが困るって……どういうことかしら？」

「私は生活のほとんどを兄さんに助けてもらっているんです。ご飯を作るのも、洗濯をするのも、部屋を掃除するのも、私は兄さんに任せてるんです」

美織は『ほとんど』と言ったが、それは全部なのでは？　と怜奈は思った。

妹が家事を全く手伝わないと、以前新世が愚痴っていたような。

「だから、兄さんに誰かと結婚されたりでもしたら、私は生きていけないんです」

「自分が家事をするという発想はないのかしら……？」

「私が家事をしたとしても、あれだけ美味《おい》しい料理は作れません」

美織は新世の作る料理を思い出したのか、口元をだらしなく緩ませた。

完全に餌付けされている人間の顔だった。

「つ、つまり……美織さんは新世から離れるつもりはないのね？」

「当然です。兄さんは私のものですから」

「……ひょっとして、美織さんってブラコン？」

「ち、違います！　勘違いしないでください！」

美織は顔を真っ赤にして否定した。

美織を甘やかしている新世の方はシスコンと言ってもいいかもしれない。

「そういえば、さっき私のこと双葉さんって呼んでくれたわよね。ずっと彼女さんとしか呼んでくれなかったのに」

「そ、それは……便宜上、仕方なく呼んだだけです……」

「お姉ちゃんって、呼んでみてくれるかしら？」

「調子に乗ってお姉ちゃんに昇格しようとしないでください！」

美織が文句を言っていると、どこからかスマホが鳴った。

「……鳴っていますよ？」

「私のではないのだけれど……」

着信音が聞こえてくる方を二人で探すと、結衣のスマホが出てきた。

遅れて、今度は美織のスマホが鳴った。

「兄さんから、公園まで届けに来てくれ、とのことです」

「私が届けに行くわ」

怜奈は靴を履いて、結衣のスマホを手に家を出た。

怜奈が公園に着くと、新世と結衣はベンチに座って何やら話していた。

「私を差し置いて、なんだかいい雰囲気ね……」

怜奈は不満を漏らしながら、二人の背後に忍び寄る。

こっそり二人の会話を盗み聞きして、もし新世が結衣にデレデレしていたら、突然現れて釘《くぎ》を刺そうと思ったからだ。

「……ねえ、覚えてる？　私が昔、このベンチで新くんと約束したこと」

結衣は新世にそう聞いた。

「このベンチで約束したことなんて、沢山あるだろ」

「じゃあ、どの約束かわからないってこと？」

「……わからないな」

「はい、また新くん嘘《うそ》ついた！　ほんとはわかってるくせに、照れてるのかな〜？」

「う、うるさいな」

結衣は揶揄《からか》うように、新世の頬を指で突《つつ》く。

照れ臭そうに笑う新世に、結衣は悪戯《いたずら》っぽい笑みを返した。

「大人になったら結婚しようねって、私たち約束したんだよ」

持っていた結衣のスマホが、怜奈の手から滑り落ちた。


僕は後ろで何かが落ちた音がして、結衣と同時に振り返った。

「れ、怜奈？」

そこには時が止まったように硬直している怜奈が立っていた。

怜奈の足元にはスマホが落ちている。

「あっ……ご、ごめんなさい。天羽さんの物なのに落としてしまって……」

慌てて怜奈はスマホを拾って、土埃《つちぼこり》をハンカチで拭き取る。

そして、結衣に手渡した。

「怜奈ちゃん、届けてくれてありがとう〜」

「もし傷がついていたら、弁償するわ」

怜奈は沈んだ表情で申し訳なさそうに言う。

「画面が割れたりはしていないみたいだし、大丈夫だよ」

「結衣は小さなことで、いちいち気にするような性格じゃないしな」

「それはそうなんだけど、新くんに言われたくないなあ」

結衣は不満げに頬《ほお》を膨らませた。

ちょうどその時、公園の前に一台の車が止まった。

中から結衣のお爺《じい》さんが出てくる。

昔からの顔馴染《かおなじ》みなので、僕は軽く会釈した。

「それじゃあ二人とも、byebye　!」

僕と怜奈が手を振り返すと、結衣は車に乗って帰っていった。

最後だけ帰国子女っぽい発音の良さだったな。

「……そろそろ暗くなるから、私も帰るわね」

「え、今日も泊まっていくんじゃないのか？」

「そんなこと、私はひと言も言っていないけれど」

そうかもしれないけど、普段なら『ずっと泊まっていたいわ』とか言い出しそうなのに。

今の怜奈はなんというか、らしくない気がした。

「じゃあマンションまで送るよ」

「私はいいわよ。……私は天羽さんじゃないもの」

結衣じゃないから自分は構わないって、どういう意味だ？

結衣と違って自分はしっかりしてるから、心配いらないって意味だろうか。

「私の家はここからだと距離があるし、新世も連日の疲れが溜《た》まっているでしょう。今夜は家でゆっくり休んだらどうかしら」

「怜奈がそう言うなら……そうしようかな」

練習試合の後、空港まで迎えに行ったり美織に夕飯を作らされたり、結衣たちの買い物に付き合わされたり。

確かに疲れは溜まっていた。

「明日は待ちに待った夏祭りだし、遊ぶ為《ため》の体力を回復させとくか」

「その方が良さそうね」

「夏祭り、楽しみだな」

「……そうね」

怜奈は頷いたけど、どこか浮かない表情をしていた。

夏祭りを心待ちにして浮かれていたら子供っぽい、とでも思っているんだろうか。

ゲームで美織に煽《あお》られて、ムキになっていたのを指摘したら取り繕ってたからな。

でも、楽しみにしている怜奈の顔が見たかったな……

八章　夏祭り

夏祭り当日、夕方になると夏休みの課題をしていた僕の部屋に美織《みおり》が入ってきた。

美織は金魚柄の水色の浴衣《ゆかた》を着ていて、手には帯を持っていた。

「兄さん、帯を結んでくれませんか？」

「いいよ」

僕は帯を預かり、美織の後ろに回り込んだ。

昔、母さんに教えてもらった蝶結《ちょうむす》びをする。

いくつかの手順を踏んで、帯を強く締めた。

帯の形を整え終えると、美織は結び目を見ようと体をよじらせた。

そして、満足そうに微笑《ほほえ》んだ。

「ありがとうございます。これで、屋台の料理をお腹《なか》いっぱい食べられます」

「……ほどほどにしとけよ？　子供じゃないんだから、去年みたいに手当たり次第に買い漁《あさ》って、あとで食べきれないとか言い出すなよ？」

「わっ、私はそんな計画性のないことはしません！」

「してたんだよお前は」

「してないですもん！」

僕が美織と言い争っていると、玄関のチャイムが鳴った。

出かける支度をすると部屋に戻った美織の代わりに、僕が玄関に出る。

ドアを開けると、美織を迎えに来た結衣《ゆい》がいた。

「新くん、こんばんは！」

「こんばんは」

結衣は夏祭りがよっぽど楽しみなのか、いつもより声のトーンが高かった。

この様子を見る限り、今日は一日中喋《しゃべ》ってそうだな。

「……」

かと思えば、急に結衣は黙りこくった。

何か言いたそうにして、上目遣いで僕を睨《にら》んでくる。

「どうして睨まれないといけないんだ？」

「……新くん、私に何か言うことがあるんじゃないかな？」

「ああ、美織なら部屋で出かける準備をしているから、もうちょっと待っててくれ」

「そ、そうじゃなくて……私を見て、何か気づくことはないかな？」

結衣は両腕を広げて、存在感をアピールしてくる。

「結衣を見て気づくこと……今日はテンションが高そうでうるさいとか？」

「それはいつものことだよ！」

「自覚あったんだ」

「ほ、他にはないのかな？」

「浴衣が似合ってるな」

「……えへへ、そうでしょ」

結衣は照れ臭そうに微笑んだ。

結衣が着ているのは、朝顔柄の紅《あか》い浴衣だ。

朝顔は僕が一番好きな花でもある。

色合いは違うけど、去年も朝顔柄の浴衣を結衣は着ていた。

だから結衣も、ずっと朝顔が好きなんだろうな。

「お待たせしました結衣ちゃん」

「美織ちゃん、その浴衣可愛《かわい》い～！」

「結衣ちゃんこそ、とっても可愛いですよ」

二人が女子のノリで褒め合い始めた。

柄が可愛い、色が可愛い、帯が可愛い、全部褒めちぎっている。

そこまでいくと、むしろ何が可愛くないいんだ？

「新くんは怜奈《れいな》ちゃんとどこで待ち合わせしてるの？」

「六時に現地集合ってことになってる。僕もそろそろ家を出ないとな」

「じゃあ、お祭り会場まで三人で行こうよ〜」

「いいけど、僕が着替え終わるまで待っていてくれ」

僕はまだ部屋着のままだった。

「新くんの浴衣姿、見るの楽しみだなあ」

「そうですね、兄さんは意外と着物が似合いますから」

謎に期待されたので、僕は部屋に戻って二人の反応を楽しみにしながら着替えた。

今年の夏祭りに向けて、こっそり用意していた麻の葉柄の黒い浴衣だ。

部屋から出ると、僕の浴衣姿を見た結衣と美織は、微妙そうな顔をした。

「なんか新くん……お爺さんっぽいね」

「兄さんは浴衣を選ぶセンスがないですね」

そこは嘘《うそ》でも可愛いって言ってほしかった。


祭り会場に近づくにつれ、行き交う人々の数が多くなっていった。

ちらほらと知り合いの顔もある。その中には葵《あおい》の姿もあった。

「おい旭岡《あさひおか》……どうして彼女がいるお前が、美少女二人と一緒なんだよ？」

葵が心底面白くなさそうに、不機嫌さを隠そうともしない顔で聞いてくる。

夏祭りまでには彼女を作るって葵は言ってたけど、どうやら無理だったらしいな。

「こっちは妹だし、僕は保護者代わりだ」

「い、妹⁉　旭岡の妹って、こんなに可愛かったのか⁉」

美織と初対面の葵は目を丸くする。というか、目をギラつかせた。

身の危険を感じたのか、咄嗟《とっさ》に美織は僕の後ろに隠れる。

「こ、怖がらせちゃったか？」

「ごめんね。美織ちゃんは人見知りさんなの」

すかさず結衣がフォローに回る。

美織は家だと気が大きくて、怜奈と初めて会った時みたいに初対面でも強気になれるんだけど。

一歩外に出るとご覧の有り様で、人見知りが悪化する。

「人見知り……兄妹《きょうだい》なのに旭岡とは正反対なんだな。あ、俺は佐藤《さとう》葵っていうんだけど、君の名前は？」

「天羽《あもう》結衣だよ」

「結衣ちゃんか、いい名前だな」

「えへへ、ありがとう」

「……あのさ結衣ちゃん、俺と回らない？　どうせ旭岡は、後で双葉《ふたば》と合流するんだろうし」

葵は切り替えが早く、今度は結衣に狙いを定めた。

結衣は困ったように僕と顔を見合わせる。

「私、ナンパされちゃったみたい。新くん、どうしよう？」

「どうしようって僕に聞かれても、葵と遊びたいなら好きにすればいいだろ」

「……じゃあ新くんは、私が佐藤くんと二人っきりで、いい雰囲気になってもいいの？」

結衣はどこか不満そうに聞いてくる。

「なんか、そう聞かれると嫌だな」

根拠は全くないけど、結衣が葵に惚《ほ》れるとは思えない自信がかなりある。

そうなると、振られた葵の愚痴を聞かされるのは僕だ。

葵には申し訳ないけど、非常に面倒くさい。

「結衣、葵にはついていくな」

「うん！」

やけに機嫌よさそうに頷いた結衣とは真逆に、葵はがっくりと肩を落とした。

先に美織と約束していた結衣は、どちらにしろ断るつもりだったんだろうけど。

葵と別れ、僕らは祭り会場に着いた。

会場は地元を流れる川の上流付近で、八時ごろには花火が上がるらしい。

辺りには人だかりができていて、僕は怜奈の姿を探した。

「いないな……というか、人が多すぎて見つからない」

誰よりも存在感のある怜奈だったら、すぐに見つけられると踏んでたんだけど。

もうすぐ約束の時間なので、ラインで怜奈にどこに居るか確認すると、まだ着いていないと返信が来た。

渋滞に巻き込まれたのかもしれない。

「怜奈ちゃんとは合流できそう？」

「いや、怜奈はまだ到着していないらしい。だから知り合いと合流して適当に時間を潰しといて、だってさ」

「それじゃあ、私たちと一緒に回らない？」

「そうさせてもらうよ」

結衣の提案で、そのまま三人で屋台を見て回ることにした。

どうせ美織の食べ歩きがメインになるだろうな。

僕の予想通り、目を離した隙に美織は綿菓子を買っていた。

「兄さんも食べます？」

美織は食べかけの綿菓子を僕に差し出してくる。

「一口食べたら、どうせ綿菓子の代金を半分出してくださいとか言い出すんだろ？」

「そっ、そんなわけないじゃないですか……？」

僕は美織に対する勝手な偏見でそう聞き返しているわけじゃない。

去年、美織に同じ手口でフランクフルトを半額負担させられたからだ。

そんなことしなくても妹なんだから、素直に頼めば別に奢《おご》るんだけどな。

変に浅知恵を使おうとする生意気な妹には奢らないけど。

「私、金魚掬《すく》いがやりたいな！」

　結衣はそう言って、金魚掬いの屋台を指す。

　小学校低学年ぐらいの子供たちが楽しそうに挑戦していた。

「美織ちゃん、一緒にやろうよ」

「金魚掬いですか、懐かしいですね……そういえば金魚って、食べられるんでしょうか？」

「食べ……!?」

「食べられるのなら、私もやりますけど」

「ま、まあ、食べられなくもないとは思うけどお……」

　結衣は引き攣《つ》った笑みを浮かべて、僕の方を見た。

　何でも食べようとする美織を何とか説得してくれというサインだ。

「金魚は焼いたら意外と美味《おい》しいらしいぞ」

「新くんまで……金魚が可哀想《かわいそう》だよお」

　冗談はさておき、といっても美織の方は冗談なのか知らないけど、僕らは金魚掬いに挑戦する。

　さっき挑戦していた小学生たちは一匹も掬えなかったらしく、歯痒《はがゆ》そうに水槽の中を優雅に泳ぐ金魚たちを眺めていた。

　そんな小学生を見ながらニヤついている中年の店主。大人げない。

だから僕も大人げなく大量に掬ってやろうと思ったけど、これがなかなか難しい。

ポイを水につけ、金魚を掬おうとした瞬間に、紙が破けてしまった。

「うわっ、こんな簡単に破れるもんだっけ」

年に一度やるかやらないかのゲーム。感覚を思い出す前に失敗する。

「ふっふっふ、新くんもまだまだだね」

「お、そういう結衣は何匹獲れたんだ？」

「えへへ、〇匹だよ」

はにかんだ結衣は紙が綺麗《きれい》に破れたポイを僕に見せてきた。

こういう繊細な作業は、昔から僕と結衣は苦手なんだよな。

「二人ともまだまだですね、金魚掬いにはコツがいるんですよ」

美織は大口を叩《たた》くだけあって、すでに三匹掬っていた。

「すごーい美織ちゃん！　ねえねえ、どうやったの？」

「手首にスナップを効かせるんですよ。こう、クイッて」

美織はポイを握る手を俊敏に動かす。

金魚はいとも容易《たやす》く美織が操るポイに捕まり、受け皿の中に入れられる。

美織の見事な手捌《てさば》きに僕と結衣は感心して、思わず小さく拍手をした。

「あと、ポイの縁を使えば紙は破れませんし、安定して掬えますよ。ネットに攻略情報が書いてありました」

「そういうことは、やる前に教えてほしかったかなあ……」

その後、美織が十四目を掬ったところで、店主にやんわり止められた。

このままいくと、ここにいる全ての金魚が子供たちの手へと渡らずに、美織の胃袋の中に収められてしまうからな。

美織はビニール袋の中に入れてもらった金魚を興味深そうに眺めていた。

「これだけ可愛《かわい》いと、さすがに食べるのは可哀想な気がしてきましたね……」

「本気で食べるつもりだったの美織ちゃん⁉」

「こうなると、家で飼うのも手間なので……どうしましょうか兄さん？」

相談された僕は、美織が手に持つ金魚を羨ましそうに見ているさっきの小学生たちの方に視線を向けた。

「あの子たちにあげたらいいんじゃないか？」

「……じゃあ、兄さんが彼らに渡してください」

「自分が掬ったわけじゃないのに、僕があげるのは変だろ」

「それなら、結衣ちゃんが……」

「美織ちゃん、自分でやろうよ」

頼みの綱の結衣にも断られ、美織は渋々といった顔で小学生に近づいた。

「あっ、あの……その……金魚、いりますか……？」

「くれるの⁉　やったあ！　ありがとうお姉ちゃん！」

「どっ、どういたしまして……」

美織は小学生相手にも人見知りを発揮していた。

金魚掬いについて語っている時は、あんなに流暢《りゅうちょう》に喋《しゃべ》ってたのにな。

「私、人見知りすぎる美織ちゃんの将来が心配だよ……」

「私は兄さんに養ってもらうので心配いりません」

「それを聞いて、余計に心配になってきちゃった」

結衣は神妙な顔で呟《つぶや》いた。

他の屋台を見て回っていると、とんとんと肩を叩かれた。

やっと怜奈が来たのかと思って振り返ると、頬《ほお》に指を当てられた。

「あははっ、旭岡先輩ひっかかりましたね～」

紫陽花《あじさい》柄でピンク色の浴衣《ゆかた》を着たそらが、悪戯《いたずら》っぽい笑みを浮かべていた。

僕の頬《ほ》っぺたをぐりぐりといじってくる。

「なんだ、来てたのか」

「当たり前ですよ～。夏休みは部活で大変だから、休みの時は楽しまないと～」

僕ら部員が連日の練習で忙しいように、サポートするマネージャーも大変だ。

いろいろとサポートしてくれる彼女たちには、本当に頭が上がらない。

「部活では世話になってる。ありがとうな」

「どういたしまして～！　……ところで旭岡先輩、そちらのお二人は～？」

そらは興味深そうに結衣と美織を見る。

すでに美織は結衣の後ろに隠れていた。

「幼なじみの結衣と、こっちは妹の美織だ」

「旭岡先輩の妹さん⁉」

そらは驚きで声を上擦らせた。

「お兄ちゃんから話には聞いてましたけど……こうして会うのは初めてです～」

翔《しょう》は僕の家に何度か来たことがあって、美織とも面識があった。

でも、そらが家に来たことはない。だから美織とそらは初対面だ。

なので、美織の人見知りが発動している。

「美織はそらと同い年だから、仲良くしてやってくれ」

「そうなんですか〜。お二人とも初めまして、小鳥遊《たかなし》そらです」

丁寧に挨拶したそらに、美織がピクッと反応した。

「小鳥遊そらさん……そうですか、あなたが……」

あれ？　僕が美織にそらのことを話したことあったっけ？

翔は美織のことをそらに話してるらしいけど……

美織は僕の友人関係には興味がないから、話したことはないはずなんだけどな。

「旭岡先輩は私のことを妹さんに話してくれてるんですね〜！　嬉《うれ》しいです〜！」

話した記憶はないけど、そういうことにしておくか。

「……兄さん、小鳥遊さんとはどういったご関係なんですか？」

「学校の後輩で、部活のマネージャーだけど」

「そんなことを聞いているのではないです」

美織は僕の説明に納得せず、何故《なぜ》か疑いの目を向けてきた。

「妹さんは、そんなに私とお兄さんの関係が気になるんですか〜？」

そう言って、そらが腕を組んできて、擦り寄ってくる。

「私とお兄さんは〜……ただならぬ男女の仲というか〜」

「ただならぬっ……!?」

美織は目を見張った。僕は目を白黒させた。

「新くん……へえ、そうなんだ……」

結衣は聞いたことがないような底冷えするような声を発した。

「冗談を間に受けるなよ。こいつはその、友達の妹でもあって……僕にとっても妹みたいなもんだから」

僕はくっついてくるそらを引き剝がしながら言う。

「私の他に外で妹を作っていたということですか？　兄さん、最低です」

「どういう解釈なんだよそれ……」

美織は軽蔑の眼差《まなざ》しを向けてくる。

「先輩の妹同士、私たち仲良くしませんか〜？」

「私は屋台を回るのに忙しいので、失礼します」

そう言い残して、美織は来た道を戻っていった。

食べていた綿菓子がなくなったから、また新しいのを買いに戻ったんだろうな。

結衣は何も言わずに僕をジト目で睨《にら》んでから、その後を追いかけていく。

「あはは、二人とも行っちゃいましたね〜」

そらは特に気にしない様子で言う。

「そらはひとりで夏祭りに来たのか？」

「友達と来てたんですけど、この人混みで逸《はぐ》れちゃって。友達、携帯を家に忘れてきたみたいで連絡も取れなくて～」

そらは付近をキョロキョロと見渡す。

時間が経《た》つにつれ人通りが増え、より一層混雑していた。

「僕も一緒に友達を探すよ」

「いいんですか？　ありがとうございます、せんぱ～い」

そらの友人を探すといっても、偶然合流できることに期待するしかない。

友人の外見や特徴、着ている浴衣をそらから教えてもらい、僕らは歩き始めた。

「そういえば旭岡先輩、双葉先輩はどうしたんですか～？」

「こっちはまだ合流すらできてないんだ」

「そうなんですか～。じゃあ、私と遊んでくださいよ～」

「いや、その前に友達を見つけないと……」

「……私、マネージャーの仕事頑張ってますよね？」

僕が誘いを断ると、そらは不機嫌そうにそう聞いてきた。

「そりゃあ、もちろん。そらの頑張りは僕と翔が保証するよ」

「だったら、いつも先輩たちの為《ため》に頑張ってる私に、ちょっとぐらい付き合ってくれてもいいんじゃないんですか～？」

「そ、それもそうだな……」

それを言われてしまうと、多分僕以外のサッカー部員も断れないだろう。

弱いところを突かれて、僕らは少しだけ寄り道することにした。

「あれ、やりましょうよ～」

そらは射的を指差した。僕に景品を取らせるつもりだろう。

ワントライ三百円で、二回撃たせてもらえるらしい。

そらを労《ねぎら》えて、おまけに満足してもらえるなら安い料金だ。

「私、あのクマのぬいぐるみが欲しいです～」

「わかった、任せろ」

僕は袖を捲《まく》って、おもちゃの銃を手に取った。

コルクをセットして、それっぽく銃を両手で構える。

片目を閉じて狙いを定めて、トリガーを引いた。

弾はぬいぐるみの頭部を掠《かす》め、命中しなかった。

「ざんねーん、ハズレ！」

外すと店主のおばさんが煽《あお》ってくるおまけ付きだ。

「外しましたけど、なかなか筋は良い方ですね〜」

「なんか、射的のコツを知ってそうな口ぶりだな」

「私が射的のコツを旭岡先輩に伝授してあげますよ〜」

そう言って、そらは僕の背後に回り込んだ。

「まず、姿勢を前のめりにして、できる限り銃口が的に近づくようにするんですよ〜」

そらは僕の背中を両手で押してくる。

体を前に倒した僕は、目の前にあった台に片手を置いて、バランスを取った。

そうすると、銃口はぬいぐるみの眼前まで近づいた。

しかし、無理な体勢で銃を片手に構えているので、腕がぷるぷると震えて狙いが定まらない。

「これ……うまく狙えないんだけど？」

「私が支えてあげますよ〜」

そらはそう言うと、背中にくっついてきて、僕の腰に腕を回し、片手で僕の右腕を支えた。

「なっ……そら⁉」

「これで狙いやすくなりましたよね～？」

「狙いやすくはなったけど、今度は集中しづらいんだけど⁉」

背中に胸のふくよかな感触がして、首筋にはそらの吐息がかかる。

緊張して、集中できるはずもない。

「これだけ近ければ、外しませんよ～」

そらは引き金を引く指を上から重ねてきた。

そのまま、弾を発射する。

「当たった！」

弾はぬいぐるみの眉間付近に直撃して、ぬいぐるみは一瞬傾いたが――

「惜しかったねえ～！　また挑戦してねえ」

落ちることはなかった。

そらが悔しそうにしながら僕から離れた。

「悪い、取れなかった」

「しょうがないですよ～、簡単には落ちないようになってますし」

確かに、コルクの弾の威力が弱くて、あれだと容易に落とせるとは思えないな。

「そらは、よく友達と祭りに来るのか？」

「どうしてそう思うんですか〜？」

「いや、慣れてるみたいだから」

「あ〜……これはお兄ちゃんに教えてもらったんですよ〜」

そらはバツが悪そうに言う。

「翔に？　なるほど、兄貴が妹に祭りのイロハを教えたわけか」

ひとつ上の兄として、妹にカッコイイところを見せたい下心もあっただろう。

妹のそらの手を引いて、屋台を回る翔の姿が目に浮かぶ。

僕も昔は美織とよく二人で夏祭りに来たからな。

僕らの場合、この手のゲームは美織の方がうまいから教えることはないけど。

「納得しているところ悪いんですけど、全然違いますよ〜」

「え、違うのか？」

「こんな感じで女の子にボディタッチして口説くんだとか、お兄ちゃんはいつも言ってましたから〜」

兄貴が死ぬほどしょうもないことを妹に教えるなよ……。

そらが小悪魔的な性格に育ったのは、割と真面目《まじめ》に翔のせいなんじゃないか？

引き続きそらの友達を探し回っていると、莉愛《りあ》の姿をお面屋の前で見つけた。

お面を被《かぶ》って見せたりして、友人たちと楽しそうにふざけあっている。

莉愛はキツネのお面を友達に被せられていた。

「こんばんは、莉愛」

僕が声をかけると、莉愛は振り返ってお面を外した。

そして、お面の下から怪訝《けげん》な顔をさらけ出す。

「新世《しんせ》、ひとりなの？」

「僕ひとりって、ここにそらがいるだろ」

「……いないじゃん？　そらちゃん」

「あ、あれ⁉　いつの間に……」

僕が周囲を見回すと、そらは忽然《こつぜん》と姿を消していた。

「そらの友達を探すのを手伝っている最中だったんだけどな」

「私の姿が目に入ったから、避けたんでしょ」

「そうかもしれないけど……急に消えたから、まるで狐《きつね》につままれたような感覚だ……」

「なにそれ、うまいこと言ったつもり？」

莉愛は呆《あき》れたように鼻で笑う。

「ところで、その浴衣《ゆかた》似合ってるな」

「ありがと」

莉愛は両腕を肩の高さまであげると、自慢するように浴衣を披露した。

僕が見立てた通り、向日葵《ひまわり》柄の白い浴衣は莉愛にピッタリだ。

「……それで、他には何かないの？」

「他って？」

「他に褒めるところはないのかって、聞いてるんだけど」

莉愛は白けた表情をする。

不機嫌とまではいかないけど、かといって機嫌がいいわけでもない時の顔だ。

こういう時は大抵、次に発する僕のひと言で莉愛の機嫌が大きく左右される。

だから僕は慎重に言葉を選んだ。

「そ、そうだな……莉愛はやっぱり浴衣がよく似合うな」

「それ、彼女じゃない女の子相手に言うんだ？　うわあ……女たらしじゃん」

「褒めろって言っておいて理不尽すぎない⁉」

「うそうそ、冗談だから」

莉愛は片手を左右に振って苦笑した。

「莉愛まで僕を揶揄《からか》うなよ」

「ごめんごめん、そんな拗《す》ねないでよ。いやさ、反応が素っ気ないなと思ったから」

「素っ気ない？」

莉愛に指摘されるほど、素っ気ない態度を取ったつもりはなかったんだけどな。

もっと大袈裟《おおげさ》なリアクションをすればよかったのか？　僕は首を傾《かし》げた。

「まあ、彼女でもない私を褒めちぎれとは言わないけどさ。この後、怜奈さんとはじめての浴衣デートするんでしょ？」

「そうだけど……」

「あくまで私の場合なんだけど、浴衣を好きな人に褒めてもらえるか、会う前に不安になるわけよ」

「そういうものなのか？」

「そういうもんなの」

お洒落《しやれ》に気を遣っている莉愛は、そんな態度を僕には見せたことがなかった。

僕からは、お洒落な自分に自信があるように見えていた。

だけど、内心では不安だったらしい。

「だから、私は他の人からアドバイスを貰《もら》ったりしてたの。……結局、素直に新世に好みを聞けばよかったって、後で後悔したけどね」

莉愛は俯《うつむ》いて、ため息を吐《つ》いた。

「去年までは新世に浴衣を選んでもらってたのにさ、いつからか新世に聞くのが恥ずかしくなって、そういうとこからすれ違いが始まって……」

「莉愛……」

「……自分から話し始めてなんだけど、湿っぽい話はやっぱりなしにしよっか。お祭りなんだし」

莉愛は沈んだ顔を隠すように、キツネのお面を被り直す。

「とにかく、怜奈さんと会ったら、まずは浴衣を褒めちぎってあげること。わかった？」

「わ、わかったよ。自分の語彙力が心配だけど」

「そこは心配しなくても大丈夫だって。私とはじめて浴衣デートした時は、めちゃくちゃ新世が褒めてくれて、すっごく嬉《うれ》しかったし」

お面の穴から覗《のぞ》く目が、懐かしむように細くなる。

確かにあの時は、莉愛の浴衣姿が可愛《かわい》すぎて、公衆の前で永遠と感想を語ってた気がする。

最後には、赤面した莉愛が恥ずかしいからやめてと口を塞がれたな。

「でも、肝心の怜奈とまだ合流できてないんだよな」

「怜奈さんなら、さっき向こうの方で見かけたけど？」

「えっ、怜奈もうここに来てるのか⁉」

僕は慌ててスマホを取り出し、怜奈からのラインを確認した。

しかし、怜奈から到着したというメッセージはなかった。

到着したら、また連絡するって言っていたのに……

約束の時間はとっくに過ぎている。

「その子、本当に怜奈だったのか？　人違いじゃないのか？」

「あんなに綺麗《きれい》な子を見間違えるわけないじゃん」

「そ、それもそうだな……妙に説得力がある」

しかし、仮に莉愛が見かけた少女が本当に怜奈だったとして、どうして僕に連絡をくれないのか。

とりあえず、僕は怜奈に『今どこにいる？』とメッセージを送る。

すぐに既読はついたが、返信はこなかった。

怜奈とのやり取りを横から見ていた莉愛は、お面を外して眉を顰《ひそ》める。

「なに、怜奈さんと喧嘩《けんか》でもしてんの？」

「そういうわけじゃないけど……」

喧嘩するような出来事は何もなかった。

気になる点があるとすれば……昨日の帰り際のやり取りぐらいだ。

夏祭りが楽しみだと僕が言ったら、怜奈は気乗りしないような表情を浮かべた。

よくよく考えれば、怜奈の方から誘ってきたのに、あの態度は変だった。

「……怜奈を見かけた場所まで、連れていってくれないか？　莉愛」

「まったく……二人とも、世話が焼けるんだから」


莉愛は一緒に来ていた友人たちに断りを入れると、怜奈を見かけた場所まで案内してくれた。

「この辺で見かけたんだけど……」

怜奈は既に移動したのか、そこにはいなかった。

莉愛の話では、怜奈はここでぼーっと夜空を眺めていたらしい。

てっきり、僕と待ち合わせていると思った莉愛は、怜奈に話しかけなかったそうだ。

「途中ですれ違わなかったから、まだ近くにいるはずだ」

「そうだね……あっ」

「ん？　どうした、怜奈がいたのか？」

「ううん、あの子……」

莉愛が見つけたのは、先ほど別行動を取った結衣と美織の二人だった。

りんご飴《あめ》を舐《な》めるのに夢中になっている美織より先に、結衣が僕らの存在に気づいた。

「あれれ？　もしかして、莉愛ちゃん⁉」

「……なんか嫌な予感が……」

「莉愛ちゃん、会いたかったよお～！」

後退《あとずさ》りしかけた莉愛に、小走りで駆け寄ってきた結衣は勢いよく抱きついた。

捕まったな。

「新くんから、昨日の買い物中に莉愛ちゃんと会ったって聞いて、私も会いたかったな～って思ってたんだあ。莉愛ちゃん、元気にしてた？」

「ま、まあ……それなりに元気だったけど……」

「莉愛ちゃん、髪染めたんだね！　いつ染めたの？」

「染めたのは春先だけど……っていうか、そろそろ離れてくんない……？」

莉愛は暑苦しそうに結衣を自分から引き剝がした。

結衣は莉愛と再会したのが相当嬉しかったのか、満面の笑みだ。

「ところで新くんは、どうして莉愛ちゃんと一緒なの？」

僕は結衣と、食べること以外に興味がなさそうな美織にも一応事情を説明した。

「あんなに新くんのことが大好きな怜奈ちゃんが、既読スルーかあ……」

僕の話を聞き終えると、結衣は信じられなそうに呟《つぶや》いた。

今思い返してみると、怜奈に既読スルーされたのは今回がはじめてだ。

いつもは一分以内に返信が返ってきて、逆に怖いぐらいなのに。

僕が不可解に思っていると、美織がりんご飴を舐めるのを止めた。

「……もしかしたら、双葉さんに嫌われたんじゃないですか？」

美織は僕が薄々感じていた疑問を口にする。

怜奈に嫌われるなんて、僕は一度も明確に想像したことがない。

しかし、怜奈の態度からそう思われてもおかしくない状況だった。

「怜奈さんのことだから、それは絶対にないと思うけどね……」

「ちなみになんですけど椎名《しいな》さん、双葉さんを見かけたのはこの辺りで間違いないんですか？」

「うん、間違いないよ」

「それなら兄さん、試しに電話をかけてみてはどうですか？　近くでコール音が鳴れば、居場所がわかるかもしれませんよ」

「そうしてみるか……」

僕は怜奈に電話をかける。すると、

「なんか、あっちの方から着信音が聞こえてこない？」

莉愛は近くにある建物の間の薄暗い路地を指差した。

耳を澄ますと、微《かす》かにメロディーが聞こえてくる。

「どうしてこんな、人気《ひとけ》のないところから……」

「もももしかして怜奈ちゃん、何か事件に巻き込まれてるんじゃ⁉」

「このお祭りでは警察が雑踏警備体制を組んでいますから、それはあり得ないですね」

「へ、へえ～……美織ちゃんは難しい言葉を知ってるんだね」

結衣が美織の博識に感心していると、通話が途切れた。

その代わりに、怜奈からメッセージが届く。

『ごめんなさい。あともう少しだけ、待っていてくれるかしら』

そんな内容だった。

「それで新世、どうすんの？」

莉愛がそう尋ねてくる。

「まあ……新世のことだから、聞かなくてもわかるけど」

「……ああ、行ってくる」

九章　二人の距離感

新世《しんせ》は薄暗い路地にひとりで入り、しばらく歩くと、やがて足を止めた。

前方に、怜奈《れいな》の後ろ姿があったからだ。

怜奈は星でも眺めているのか、夜空を見上げている。

「現地集合だとは言ったけど、まさかこんなところで道草を食っているとはな」

新世が軽い冗談交じりに声をかけると、怜奈は静かに振り返った。

「……っ」

月明かりに照らし出された彼女の美しい姿に、新世は思わず息を呑《の》む。

凛《りん》とした端正な顔立ちに、シックな紺色と落ち着いた撫子《なでしこ》柄の浴衣《ゆかた》がよく似合っていた。

アップにした黒髪は百合《ゆり》の髪飾りで纏《まと》めてあり、涼しげな大人の色気を感じる。

「……綺麗だ」

怜奈の浴衣姿があまりにも衝撃的すぎて、あれだけ莉愛《りあ》に褒めちぎれと念押しされたのに、新世はそうひと言口にするのが精一杯だった。

「褒めてくれてありがとう。新世もその浴衣、よく似合っているわ」

怜奈はおかしそうに微笑《ほほえ》むと、ゆっくり歩み寄ってきた。

「ごめんなさい、遅れてしまって。でも、少しだけ待っていてと、私は伝えたはずなのに」

「それでも今すぐ怜奈に会いたかったんだ。……駄目だったか？」

「……駄目なわけないじゃない。私も新世に会いたかったのだから」

だったら、どうしてこんなところに隠れていたのか。

どうして、そんな憂鬱そうな表情をしているのか。

しかし新世は、野暮《やぼ》なことをわざわざ聞かなかった。

「行こうか、怜奈」

新世は怜奈の手を引いて、その薄暗い場所から連れ出した。

新世は怜奈と一緒に路地を出て先程まで居たところに戻ると、莉愛たちの姿はなかった。

どうやら、二人に気を遣ってくれたようだ。

「怜奈、どこに行きたい？　いろんな屋台があるぞ」

「……どうしようかしら」

「たこ焼き、焼きそば、お好み焼きもあったぞ」

「全部食べ物じゃない？　私、今はあまり食欲がないわ……」

怜奈はそう言って、深いため息を吐《つ》いた。

「じゃあ逆に、怜奈はどこへ行きたい？」

「これは新世への罰ゲームだから、新世にエスコートは任せるわ」

まさかのプランを丸投げしてきた。

「そうなると、食べ歩きツアーになるけど……」

「食べ歩きツアー以外でお願いするわ。……エスコート、できるわよね？」

「も、もちろんだ」

といっても、新世に具体的なプランがあるわけじゃない。

適当に屋台を見て回るつもりだった。

そんな新世がまず最初に立ち寄ったのは、莉愛が友達といたお面屋だ。

新世はひょっとこのお面を被《かぶ》ると、並べられたお面を興味深そうに見ていた怜奈の肩を叩《たた》く。

「じゃーん！」

「……」

こちらを振り向いた怜奈に新世は不意打ちで披露したが、怜奈は無反応だった。

何故《なぜ》か落ち込んだ様子だった怜奈を笑わせようとして、新世は滑ってしまった。

怜奈は子供じみた真似《まね》をした新世に呆《あき》れたのか、そっぽを向く。

（……終わった）

新世は二人の間に生じた白けた雰囲気に絶望していると、怜奈が不意に振り返る。

「じゃーん」

「ぷっ……！　な、なんだそれ怜奈？」

能面を被った怜奈に、油断していた新世は吹き出す。

「ふっ……私に勝とうとするなんて、百万年早いのよ」

「い、いや別に、睨《にら》めっこをしてたわけじゃないからな……？」

「あら、そうだったの？」

お面を外した怜奈は首を傾《かし》げた。

先に笑った方が負けだと勘違いしていたらしい。

「でも、新世がこんなに笑ってくれるだなんて、便利なアイテムね。ひとつ買うわ」

怜奈は代金を払うと、お面を頭部の横につけた。

新世もひょっとこのお面を買おうとして、怜奈に止められた。

「新世が被っても、大して面白くなかったわ」

「お願いだから、滑ったことには触れないでくれ……」

次に新世は、少し前にそらと挑戦したばかりの射的に寄った。

怜奈が欲しいものを射止めて、かっこいいところを見せようと思ったからだ。

おもちゃの銃を手に持った怜奈に、新世は尋ねる。

「怜奈、何か欲しいものはあるか？」

その質問に、怜奈は銃口を新世に向けて返事をした。

「……いや、僕じゃなくてだな？」

「だって、欲しいものって聞かれたから」

「それで僕を撃ったら、屋台の人もびっくりだよ……」

天然ボケをかました怜奈は「それじゃあ、あのテディベアを」と指差した。

そらも欲しがっていたし、くまのぬいぐるみは人気者で羨ましいと新世は思った。

「僕に任せてくれ」

新世は店主に代金を渡し、意気揚々と挑戦する。

そらから教わったやり方で的を狙う。

さっきと違って誰かの補助なしで姿勢をキープするのは辛《つら》かったが、撃つ瞬間だけなら体勢を維持できる。

そう考えた新世はじっくりと狙わずに、即座にコルクの弾を撃った。

しかし、やはり直前で銃がぶれ、ぬいぐるみと隣の景品の間を飛んでいった。

「カッコつけた割には下手《へた》なのね」

怜奈から辛辣なひと言も飛んできた。

「怜奈も試しにやってみろよ。意外と難しいんだぞ」

「私、これでも昔は美少女スナイパーと呼ばれていたのよ」

「……誰からだよ？」

「両親からだけれど」

「それって、ただの親バカじゃないか……？」

多分、怜奈は親バカな両親の心でも射止めていたんだろう。

真相はともかく、新世と交替で怜奈が挑戦する。

「……どう構えればよかったかしら？」

銃を構える怜奈の姿は、どこか覚束《おぼつか》ない。

美少女スナイパーの面影はなかった。

「しょうがないな、僕が教えてあげるよ」

自分も外したくせに、新世は得意げな顔で怜奈の後ろに回り込んだ。

怜奈の背中に覆い被さるように体を前に倒す。

「し、新世⁉」

戸惑う怜奈の腰を新世は腕で抱き寄せ、銃を握る手に自分の手を重ねた。

そして、可能な限りに銃口をぬいぐるみの前まで近づける。

「お、お祭りだからって、新世も大胆なことをするのね……」

怜奈の心臓の高鳴りと、温《ぬく》もりを直《じか》に感じる。

衣紋《えもん》の抜きから襟足が見え、白いうなじが綺麗《きれい》だった。

前屈《まえかが》みになったことではだけた胸元から、瑞々《みずみず》しい肌が覗《のぞ》く。

怜奈が放つ色気を意識してしまうと、新世まで恥ずかしくなってきた。

「ちゃ、ちゃんと狙うんだぞ」

「わ、わかったわ」

二人はぎこちなく言葉を交わし、怜奈が狙いを定める。

「――ここね」

怜奈はクールな決め台詞《ぜりふ》を吐くと、躊躇《ちゆうちよ》なく引き金を引いた。

その弾丸は見事に——

「……掠《かす》りもしなかったな」

明後日の方向へと消えていった弾を見て、新世は呟《つぶや》いた。

「ふう……この私も腕が鈍ったわね」

「それ、惜しかった人だけが言えるセリフだからな……？」

「し、仕方ないじゃない⁉　新世が悪いのよ、私を動揺させるから！」

怜奈は顔を真っ赤にして抗議する。

怒っているからなのか、照れているからなのか、微妙なところだ。

「あれぐらいで動揺するなんて、怜奈もまだまだだな」

「ふうん……じゃあ今度は、新世が同じ状況でやってくれるかしら？」

何かよからぬ企《たくら》みを思いついたらしく、怜奈はにやりと笑う。

「あ、ああ、いいぞ。僕がお手本を見せてやる」

強がる新世は二回目の料金を店主に支払うと、再び銃を構えた。

「失礼するわね」

新世がしたように、怜奈は後ろから覆い被さる。

怜奈は背中に豊満な胸をわざと押し付け、さらに両腕で新世の体を抱きしめた。

「あ、あの……怜奈？」

「何かしら？」

「そうされると、ただただ重いだけなんだけど……？」

「……今、私のことを重いって言ったのかしら？」

露骨に不機嫌そうな声色になった。

「あっ、いや……なんでもないです」

電車でのやり取りを思い出して、新世は口を閉じる。

しかし、どう考えても、ムキになった怜奈が新世の妨害をしてきていた。

補助じゃなくて、邪魔だった。

怜奈は余裕そうな笑みを浮かべて、いつもみたいに新世の肩に顎を乗せてくる。

「ほら新世、よーく集中して狙うのよ」

「お、おう……」

返事をしたのはいいが、新世は全く集中できていなかった。

怜奈の息遣いが耳元で聞こえ、吐息が頰《ほお》を掠める。

少し体が動く度に、怜奈の柔らかな二つの膨らみがむにゅっとずれ動く。

（こんなの、冷静でいられるわけがないだろ……！）

だが、このままだと怜奈の思う壺《つぼ》だ。

新世は息を整えると、片目を閉じて、ぬいぐるみとの距離を測る。

そして、引き金を引く指に新世が力を入れようとした直後、

「ふーっ」

「ひっ⁉」

怜奈に耳に息を吹きかけられ、新世は動揺して手元が狂う。

その拍子に発射されたコルクの弾は、ぬいぐるみの遥《はる》か頭上を飛んでいった。

「あら、どうしちゃったのかしら新世？　もしかして、動揺した？」

「そっ、そんなわけないだろ」

「そうよね、あれぐらいで動揺するはずないものね」

怜奈は胸板を撫《な》でながら、澄ました顔で煽《あお》ってくる。

新世をわざと動揺させて、そのリアクションを怜奈は楽しんでいた。

「……あと一回挑戦権が残ってるから、怜奈が撃ちなよ」

新世は怜奈にやり返すつもりで言う。

「私は構わないから、新世に譲るわ」

「遠慮しなくていいから……というか、一旦僕の背中から離れてくれないか？」

「それは無理な相談ね」

「あっ、そう」

怜奈が背中にしがみついたまま離れようとしないので、新世が再び挑戦する。

コルクを詰める新世の耳元で、怜奈の笑いを堪《こら》える声が聞こえてきた。

「ふふっ。さあ、もう後がないわよ新世」

怜奈は新世の肩の上に両腕を回し直し、新世の横顔を見ながら揶揄《からか》うように言う。

「さっきは撃つ直前で狙いがブレたけど、次は大丈夫だ」

愛くるしい瞳でこちらを見つめてくるぬいぐるみに、新世は再度照準を合わせた。

そして、引き金に指をかける。

「ふーっ」

「その手には乗らない」

「……新世、大好きよ」

「知ってる」

「好き好き好き！　新世、だーい好き！」

「意地でも僕を動揺させようとしてくるのやめてくれない⁉」

「はーっ……なんだか顔が熱くなってきたわ」

「しかも自分が照れるのかよ……」

苦笑した新世は息を整え直すと、真剣な表情で引き金を引いた。

「おっ……！」

コルクの弾は見事に的中して、ぬいぐるみはバランスを崩して後ろに倒れた。

怜奈は店主から景品を受け取ると、嬉《うれ》しそうに目を細める。

「新世からぬいぐるみを貰《もら》っちゃったわ」

そう言って、怜奈はぬいぐるみを大切そうに抱きしめる。

新世はテクニックを教えてくれた小鳥遊《たかなし》兄妹《きょうだい》に、心の中で感謝した。

「寝る時は、このぬいぐるみを抱きしめながら寝るわね」

「気に入ってもらえたようで何よりだよ」

「あ、心配しなくて構わないわよ。新世のことも抱きしめて寝てあげるから」

「そ、それはどうも」

合流した時、怜奈はどこか元気がない様子だったが、今はすっかりいつもの調子だ。

よっぽど、ぬいぐるみが気に入ったんだろうか。

「なんか腹が減ってきたな。なにか食べたいんだけど、怜奈はどうする？」

「私も何か食べ……なくてもいいわ」

ダイエットでもしてるのか？

新世は怪訝《けげん》に思いつつも、自分だけたこ焼きを買った。

アツアツのたこ焼きを、息を吹きかけて冷ましてから口に入れる。

「美味《うま》いな、これ」

「……」

「……あのさ怜奈？　そんなに見られてると食べにくいんだけど？」

美味《おい》しそうにたこ焼きを頬張《ほおば》る新世を怜奈は凝視していた。

前にも似たようなことがあったなと思っていたら、きゅるるーと怜奈の腹が鳴った。

恥ずかしかったのか、顔を真っ赤にした怜奈は咄嗟《とっさ》に腹部を押さえる。

「……私、今は食欲がないから」

「それで食欲がないは無理があるだろ⁉　……ほら、怜奈も食べろよたこ焼き」

「ほ、施しは受けないわ」

「素直じゃない怜奈は嫌いだな」

「お腹《なか》が空《す》いたから、新世が私にたこ焼きを食べさせてくれるかしら？」

「素直になるの早すぎだろ……」

物欲しそうに開けた怜奈の口に、新世はたこ焼きを入れた。

「あ、あつっ⁉」

怜奈は、はふっはふっと口の中でたこ焼きを転ばせた。

新世が持っていたペットボトルの水を渡すと、怜奈は勢いよく飲んだ。

「く、口の中がやけどするかと思ったわ……」

「怜奈って猫舌だったんだな。意外だ」

「あら、知らなかったの？」

「そりゃあ、まだ付き合い始めてから三ヶ月も経《た》ってないからな。正直、まだまだ怜奈について知らないことだらけだよ」

そう言って、新世は怜奈からペットボトルを受け取って、自分も喉を潤す。

飲み口から、たこ焼きの風味がした。

「でも……これから先もこんなふうに、怜奈のことをひとつずつ、時間をかけて知っていけるといいな」

新世は照れくさそうに頭を掻《か》きながら言う。

そんな新世を、怜奈は口をぽかんと開けて見つめていた。

「ん？　あっ、もう一個食べたいのか？」

怜奈が無言で口を開けているので、また新世はたこ焼きを怜奈の口の中に放りこもうとする。

その手を怜奈は片手で制した。

「ち、違うわよ。ただ……」

「ただ？」

「ふふっ、なんでもないわ」

憑《つ》き物《もの》が取れたように、怜奈は明るい笑顔を見せる。

そして、怜奈は首を傾《かし》げる新世の袖を引いた。

「それより私、金魚掬《すく》いをしてみたいの。新世、私に付き合ってくれるかしら？」

「もちろん付き合うよ。金魚掬いには自信があるんだ」

「あら、大きく出たわね？　そんなに自信があるのなら、金魚掬いで勝負しましょう」

「望むところだ」

「ふふっ、負けたら罰ゲームね」

いつものように怜奈は新世と腕を組む。

仲睦《むつ》まじい二人の姿は、人混みの中へと消えていった。

十章　さようなら

「ふんっ！　もう新世《しんせ》のことなんて知らないわ！」

数分後、新世と怜奈《れいな》は喧嘩《けんか》していた。

二人の喧嘩の原因は金魚掬いだった。

「新世ったら、大人げないんだもの！　事前に予習していただなんて、狡《ずる》いわよ！」

美織《みおり》が披露した金魚掬いの攻略法を新世が実行したところ、怜奈に大差をつけて勝ってしまった。

その結果、新世は怜奈の機嫌を損ねてしまったのだ。

ゲームでムキになる人の気がしれないとはなんだったのか。

ぷりぷりと怒った怜奈は、新世を置いてどこかへ行く。

「お、おい怜奈!?　僕が悪かったって！」

新世は怜奈を宥《なだ》めながら、あとを追いかける。

「ど、どこまで行くつもりだ……？　まさか怜奈の奴《やつ》、このまま帰るつもりなんじゃ……？」

新世の制止を無視して、怜奈は堤防の上にできた道をカラコロと下駄《げた》を鳴らして歩いていく。

気がつくと、夏祭りの会場からかなり離れたところまで来ていた。

遠くの方に祭りの明かりが見える。

「……この辺りでいいかしら」

突然そう呟《つぶや》いた怜奈は足を止めると、道を外れて芝生《しばふ》に腰を下ろした。

怜奈は自分の左隣にぬいぐるみを座らせると、新世に手招きしてくる。

「ここで一緒に花火を見るわよ」

「花火をって……怒ってたんじゃないのか？」

「別に怒っていないわよ。金魚掬いで負けたぐらいで」

怜奈が涼しい表情で言うので、新世はほっと胸を撫《な》で下ろした。

「な、なんだよかった……てっきり、ボロ負けしたのが悔しくて、落ち込んで家に帰るのかと」

「……誰がボロ負けした、ですって？」

怜奈はぴくりと眉を動かす。そこは聞き捨てならないようだ。

「やっぱり、怒ってないか？」

「怒ってないもの。ムキになんてなっていないもの」

頑《かたく》なに認めない怜奈に呆《あき》れながら、新世は怜奈の右隣に座った。

怜奈が腰を浮かせて距離を詰めてきたので、新世は肩を抱き寄せた。

「もう、落ち込んではいないみたいだな」

「……なんだ、気がついていたのね」

「昨日の別れ際から、どう見ても様子がおかしかったからな。何があったんだ？」

新世が尋ねると、怜奈は気まずそうに頰《ほお》を搔く。

「天羽《あもう》さんと比べて、私は新世の彼女に相応《ふさわ》しくないのではないかと悩んで、勝手に落ち込んでいただけよ」

「……それ、莉愛《りあ》も同じことを言ってたぞ……」

新世は頭を抱える。

まさか怜奈まで莉愛と同じ劣等感を結衣《ゆい》に抱いているとは思わなかった。

「私と莉愛さんって、もしかしたら気が合うのかもしれないわね」

怜奈は「同じ男を好きになっているし」と付け加える。

「側《そば》から見ていると、天羽さんと新世はお似合いに見えるもの」

「結衣は僕からすれば双子の姉みたいなものだから、変に勘繰らないでくれよ」

「ちょっと待って、どうして天羽さんの方が双子の姉なの？」

新世のおかしな例えに、怜奈は眉を顰《ひそ》めた。

どう見ても新世の方が兄で、結衣の方が妹だ。

「妹扱いしたら、結衣が『私の方がお姉ちゃんだもん！』とか言って怒るからだよ」

「だからって、双子？　新世も新世で、あまり譲歩するつもりはないのね」

「これ以上譲ったら、今度は結衣が調子に乗って僕のことを子供扱いしてくるからな」

「私からすれば、どちらも子供に見えるのだけれど……？」

新世と結衣の間では、謎の小競り合いがあるらしい。

しかし、結衣が調子に乗る姿は容易に想像できてしまった。

大人げなく張り合う新世の姿も。

「その様子だと、二人が異性として意識し合うことはなさそうね」

「当たり前だろ」

「……でも、新世は昔、天羽さんと将来結婚する約束をしたのよね？」

「公園での話、聞いてたのか？」

新世は驚いたように片眉を上げる。そして、遠い目をした。

「……結婚する約束っていっても、子供の頃の話だしな」

「だとしても、もしも天羽さんが本気にしていたらどうするのよ？」

怜奈は不安そうに、新世の襟を掴《つか》んだ。

するど、新世はかぶりを振った。

「本気にするも何も……約束したのは結衣がアメリカに引っ越す前日だぞ。そんな時に結衣が、しばらく僕に会えなくなるとわかっていて、冗談のつもりで言ってきただけだ」

「そうだったの……？　心配して損したわ」

二人の仲を怪しんでいた怜奈は、安堵《あんど》のため息を吐《つ》いた。

そこまで真剣な約束だったわけではないようだ。

「これでちゃんと、抱えていた悩みが解消した気がするわ」

「そもそも、何がきっかけで悩んでいたんだ？」

「天羽さんが私より、新世のことを知っていたからよ。だから、私より天羽さんの方が新世の彼女に相応しいんじゃないかと思っていた。でも……」

怜奈は言葉を切ると、腕を組んでくる。

「新世がさっき私のことをひとつずつ、時間をかけて知っていけるといいって言ってくれたから。私も焦らず、ひとつずつ新世のことを知っていければいいと気がついたのよ」

「……そうだったのか」

「新世もたまにはいいことを言うわよね」

「僕もたまにはな……おっ、そろそろ花火が上がるみたいだぞ」

花火打ち上げのアナウンスが聞こえてきた。川にはいくつかの船が見える。

やがて、一筋の光が夜空へと昇り、静寂を切り裂く爆《は》ぜる音と共に、鮮やかな大輪の花が咲いた。

水面に反射した大きな光の粒が、幻想的な美しさを演出する。

「たーまやー!」

「かーぎやー」

掛け声を発した新世と怜奈は、顔を見合わせて朗らかに笑う。

落ち着いた雰囲気の中で、怜奈が艶っぽく映し出された。

「……新世、目を閉じて」

「え、なんで?」

「言わなくても、わかるでしょう?」

怜奈は人差し指で、下唇をそっと撫でてきた。

察した新世は目を瞑《つぶ》る。

するると、柔らかい感触が唇に当たった。

(なんか、怜奈の口周りがやけに毛深い気がするぞ……?)

違和感を感じた新世が目を開けると、目の前にはつぶらな瞳があった。

「いや、これぬいぐるみじゃん⁉」

「ふふっ、引っかかったわね」

ぬいぐるみで顔を隠していた怜奈が、揶揄《からか》うように笑う。

「騙《だま》された……」

「私をやきもきさせた罰よ」

「じゃあ、これで許してくれるのか?」

「……許すわけないじゃない。これも罰として受け取りなさい」

夜空に儚《はかな》く咲いた花びらの下で、二つの影が重なった。


ひとつ目の花火が上がった頃、結衣は新世たちがいる場所のすぐ近くにいた。

「喧嘩してるのかと思えば……結局、二人で隠れてイチャイチャしてるなんて」

そう言って、結衣は呆れたようにため息を吐く。

結衣は何故《なぜ》か怒っている様子の怜奈を追いかける新世の姿を目撃していた。

だから、結衣は気になって跡をつけてきたのだ。

ちなみに、一緒にいた美織は食べすぎて動けなくなり、休憩所で休んでいる。

「美織ちゃんから、新くんが悪い女の子に捕まったって聞いていたのに……」

新世が怜奈と付き合い始めてから朝帰りするようになったと結衣は聞いていた。

結衣は爛《ただ》れた生活を送るようになってしまった新世を心配した。

新世が道を踏み外していってしまうのではないかと。

だから、結衣はある決断をして、アメリカから帰国したのだ。

「でも、怜奈ちゃんがあれだけしっかりしているなら、ひとまず心配なさそうだね」

重なった二人の影を見て、結衣は羨ましそうに目を細める。

「……怜奈ちゃんには敵《かな》わないなあ……」

結衣は唇に小指を当てて、悩ましげに呟いた。


夏祭りの翌朝、僕と怜奈は結衣を見送る為《ため》に空港にいた。

「それにしても、見送りには美織も来ると思っていたのに」

例年、結衣が帰国する日には美織が泣いているのが恒例だった。

帰ってほしくないと、空港まで来て結衣を引き止めようとするんだ。

なのに、今年はどういうわけか、別れの挨拶に家まで来た結衣と短く言葉を交わしただけだった。

「き、きっと美織ちゃんも、大人になったってことだよー」

「どうして棒読みなんだよ？」

「べ、別に棒読みじゃないよ？」

「……まあ、いいや。気をつけて帰れよ、結衣」

「うん！　気をつけて帰るよ」

結衣はにこやかに笑って頷《うなず》く。

そして、怜奈に向き直る。

「怜奈ちゃん、また遊んでね」

「ええ、もちろんよ」

「約束だよ！」

そう言って、結衣は怜奈にハグした。

怜奈は一瞬戸惑った様子だったが、最後には優しく抱き返した。

「じゃあ、またね！」

元気に僕らへ手を振った結衣は、やがて搭乗ロビーに姿を消した。

「……寂しくなるわね」

「そうだな……結衣がいなくなると、また静かになる」

「私が新世の寂しさと、外堀を埋めてあげる」

「外堀まで⁉　そ、それは手厚いな……」

僕らは空港を出ると、徐《おもむろ》に空を見上げた。

ちょうど、結衣を乗せた飛行機が遠い異国の地に飛んでいくところだった。

――忘れられない、高校二年生の夏が終わる。

エンディング

二学期の登校初日の朝、僕は美織《みおり》に叩《たた》き起こされた。

「いつまで寝ているつもりですか兄さん？　もう夏休みは終わりましたよ」

「ううーん……わかった、起きるよ……」

僕は寝ぼけながら、顔を洗いに洗面所に向かう。

そして、リビングのドアを開けると、キッチンからいい香りが漂ってきた。

「美織は料理ができないのに……誰が料理してるんだ？」

首を傾《かし》げながら、キッチンを覗《のぞ》くと、

「やっと起きたのね新世《しんせ》」

さも当然のように怜奈《れいな》がエプロンを着て立っていた。

「どうして怜奈が？」

「双葉《ふたば》さんは朝早くに兄さんを迎えに来ていたんです。でも、兄さんがなかなか起きてこないので、仕方なく家に上がってもらったんです。外で待たせるのも忍びなかったので」

僕の疑問に美織が眉を顰《ひそ》めて答える。

「それで私が、お寝坊さんな新世の代わりに朝食を作ることにしたの」

「そうか。迷惑をかけたみたいで悪かった」

「いいのよ、これぐらいわけないわ」

僕も怜奈を手伝って朝食を作り、三人で食卓を囲んだ。

夏休みにはこの中に結衣《ゆい》がいたんだよなと、ふと思う。

たった三日間の出来事だったのに、結衣がいただけで終始騒がしい日々だった。

「新世はサラダにツナが入っているのが好きなのよね」

「怜奈は意外とピーマンが好きなんだよな」

「ふふっ、私について詳しくなってきたわね新世」

「そっちだって」

「……お二人とも、朝から私の前でイチャつかないでもらえますか……？」

朝食を終えると、美織がわざわざ見送ってくれた。

「いいですか兄さん？　今日は双葉さんと放課後にイチャついていないで、真《ま》っ直《す》ぐ家に帰ってきてくださいね」

釘《くぎ》を刺しに来ただけだった。

僕は怜奈に腕を組まれ、学校へと向かう。

自分の教室の前まで来ると、やけにクラスの様子が騒々しかった。

「どうしたのかしら？」

「夏休み明けで、みんなテンションが上がってるだけだろ」

怜奈と教室の前で別れ、僕は教室の中に入った。

すると、少し日焼けした莉愛《りあ》が話しかけてくる。

「ねえねえ、聞いた新世？　今日、うちのクラスに転校生が来るんだって」

「転校生？　この時期に珍しいな」

「だよねー」

そんなことを話していると、担任が教室に入ってきた。

クラスメイトたちが席に着席する。

「えー……すでに噂《うわさ》で聞いている者たちもいるだろうが、本日このクラスに転校生がやって来る」

担任はそう前置きをすると、「入ってこい」と廊下に向かって声をかけた。

教室のドアがゆっくりと開く。

再びざわつき始める教室内に、ひとりの少女が入ってきた。

「なっ……⁉」

そう声を漏らしたのは、僕だったか、それとも莉愛の方だったかわからない。

「えへへ」

綺麗《きれい》な銀髪を靡《なび》かせた少女は僕の方をちらりと見ると、悪戯《いたずら》っぽく微笑《ほほえ》んだ。

「アメリカから転校してきた天羽《あもう》結衣です！　みんな、仲良くしてね！」

騒がしい日常が、秋風と共に戻ってきた。

あとがき

お久しぶりです、作者のマキダノリヤです。

この度は本書を手に取っていただきありがとうございます。

二巻……自分がまさか二冊目を出すことになるとは思っていませんでした。

一巻を出した直後は、本を出すなんて滅多《めった》にない経験ができたし、今後の人生でこの経験を何かの役に立てられたらいいな！　ぐらいの気持ちでいたので、二巻で何を書くとか全く決めてませんでした。

編集者さんから来週に二巻の打ち合わせしましょう！　ってメールが来た時には焦りましたね。二巻のことなんて、なーんにも考えていなかったから……

まあ、そんなこんなで打ち合わせの時に大体のプロットを決めて、原稿を書くことになった今作ですが、いかがだったでしょうか……？

楽しめていただけたなら嬉《うれ》しいです。

以下、謝辞です。

まずは今回も大変お世話になりました編集者さんへ。

作品に対する悩みの相談に付き合って頂いたり、ヒロインたちの浴衣《ゆかた》等のいろいろなアイデアを出していただいたり、とにかく何かとありがとうございました。

いつもいつも、感謝してもしきれないです！


次に、イラストレーターの桜《さくら》ひより様。

一巻に続き、とても可愛《かわい》くヒロインたちを描いてくださりありがとうございます！

キラキラと輝く彼女たちの眩《まぶ》しさが魅力的で素晴らしいです！

桜様にイラストをお願いして、本当によかったと心から思います！


最後に、読者の皆さまへ。

一巻を出した時、いろんな方々から作品に対する反応を貰《もら》えて嬉しかったです。

二巻が出ることを心待ちにしてくださる読者様が私の Twitter にリプを送ってくださり、それが何よりも執筆の励みになりました。

今作が、その期待に応えられる作品であれば幸いです。

さて、三巻が出るかは今のところわからないですが、またどこかで。

浮気《うわき》していた彼女《かのじょ》を振《ふ》った後《あと》、学園一《がくえんいち》の美少女《びしょうじょ》にお持《も》ち帰《かえ》りされました2

著　マキダノリヤ

角川スニーカー文庫　23793
2023年9月1日　初版発行

発行者　山下直久
発　行　株式会社KADOKAWA
〒102-8177 東京都千代田区富士見2-13-3
電話　0570-002-301（ナビダイヤル）

印刷所　株式会社暁印刷
製本所　本間製本株式会社

●お問い合わせ
https://www.kadokawa.co.jp/（「お問い合わせ」へお進みください）
※内容によっては、お答えできない場合があります。
※サポートは日本国内のみとさせていただきます。
※Japanese text only

Printed in Japan　ISBN 978-4-04-114168-7　C0193

★ご意見、ご感想をお送りください★
〒102-8177 東京都千代田区富士見 2-13-3
株式会社KADOKAWA　角川スニーカー文庫編集部気付
「マキダノリヤ」先生「桜ひより」先生